U0599152

三岛由纪夫
精品典藏集

残酷之美
日
三島由紀夫
著
唐月梅 译
作家出版社

目录

巴黎 002
雅典 007
古今的季节 015
相闻歌的源流 023
关于美 030
死的分量 035
谈谈男子汉 039
美的东西 043
青春的倦怠 046
违背美的东西 055
文学上的硬派 068
室町的美学 072
终了的美学 076
日本的古典与我 157
机能与美 161
男性的美学 163
反时代的艺术家 169

日本小说家为什么不写戏剧? 174
道德与孤独 179
道德的感觉 183
喜欢的戏、喜欢的演员 186
四处流浪 191
艺术需要性爱吗? 194
戏剧的诱惑 199
迷恋拉迪盖 205
我迷恋的东西 210
永恒的旅人 219
卡夫卡的作家眼睛 232
日本文坛现状与西方文学的关系 237
法律与文学 254
弗洛伊德的《艺术论》 257
电影的肉体论 260
听小泽征尔的音乐会 268
我心中的二十五年 272

巴黎

锡尔克·梅多拉诺

星期日晚梅多拉诺马戏表演，儿童观众非常少，大概是因为夜间演出的缘故。

我每次观看马戏团演出的时候，都觉得它似乎在说明，一般情况下只要不失去平衡，冒任何风险都是安全的。它还告诉我们，实现的任何看起来都不可能做到的事，也俨然有平衡的存在。

我们每每冒精神上的危险，多于肉体上的危险。这时，我们能像杂技演员这样忠实于平衡吗？当杂技演员从钢丝上掉下来、盘子从杂技演员的额头上掉下来时，我们如实地看到他们犯了没有搞好肉体平衡的错误，然而当我们失去了自己精神上的平衡时，我们却不能这样如实地看到了。正因为这样，危险就更多而且更严重。

杂技演员最大限度地运用他们肉体的平衡进行表演。但是他们知道自己的极限，在达到极限时他们会折回头，含着微笑报答观众的喝彩。他们绝不会跨越人的限度。然而我们的精神，有时也许会冒着与杂技演员同样的危险，但却没有意识到而轻易地就跨越了人的极限。

思维是否能够超越人的极限，这是个难题。假设“能够超越”，这就创造了宗教，产生了哲学。也许宗教家和哲学家不知不觉地在自己正气的界限内，保持着杂技演员那种生活智慧。如果平衡被打破，实际上已经发生了坠落，也许精神坠落到圆形马戏舞台上，也许早就已经断气了。可是，在这过程中，肉体却依然继续活下去，人们肯定是不相信他的死的。

接近疯狂或濒临死亡的艺术家，他的作品之所以越发平静，乃是因为平衡被逼到了极限，保持了差点没遭到破坏结局的状态。这时，毋宁说平衡比平日更加显露出来。比如，我们步行时，没有意识到平衡问题，但是走钢丝时，就不能不意识到平衡的问题，这道理是一样的。

今天晚上，我没有看走钢丝，却观赏了其他表演节目，诸如：一个男演员用嘴支撑着组合叠起来的15张椅子、一个男演员用牙齿咬住高吊空中的另一个演员并让他像电风扇似的不停地旋转、一个男演员额头上重叠着10个烛台并将蜡烛往烛台上抛、一个男演员在一只手的掌心上伫立着一个女演员等。

特别有意思的是海驴的杂技表演。记得孩提时我曾看过哈根贝克〔哈根贝克（1844—1913），国际知名的动物交易界人士、驯兽家。他管理动物靠亲近它们，向观众显示动物的智力和温顺，而不是它们的凶恶性情〕马戏团表演的这个节目，海驴鼻尖上顶着一个橡皮球，它把球抛了出去，另一只海驴非常精彩地用鼻尖把球接住。一只海驴像奥林匹克运动员似的，用鼻子顶着火炬爬到桌子上，另一只海驴表演鼻子上顶着一个大的橡皮球并倒立着。其中一只表演成绩不佳的海驴，不该它表演时它却出场，轮到该它上场时，它却表演失败了。不过，当别的伙伴表演难度高的杂技成功时，它扭曲着身子，最先用双鳍鼓掌。

海驴的躯体呈深棕色，润泽闪亮，非常柔软，是无与伦比的。可以清楚地看到海驴鼻尖上顶着橡皮球爬上爬下台阶时，扭动着身体以保持平衡，它做滑行运动时那肌肉在薄薄皮肤下抽动。适应于保持平衡的精神，大概也必须像海驴的躯体那样富于柔软性才行吧。

杂技演员们对水陆两栖的动物这种不可思议的柔软性，加以适当的训练，努力接近它们的肉体。但是，可悲啊！人的肉体和精神并不只是为了保持这种危险的平衡而活着。对杂技演员来说，却只是一种职业，尽管博得全场观众的赞叹声和慷慨的掌声，但是并没有人羡慕杂技演员，或想当杂技演员。

如果我们的精神也是为了保持这种危险的平衡，而加以适当的训练，那么最终也有可能完全坠入职业性陷阱的危险。调教要求熟练，而熟练有时就变成固定的技术，这是很自然的。不仅如此，我们的内部与海驴不同，肉体总是与精神相对立，如若一方任意妄为，另一方就不得不变得笨手笨脚。

危险会使我们的精神走向平衡。但是，这危险是不可能预料到的。反复经历的危险，虽然也是一种危险，它总有一天会变成抽象的危险。那种危险，这种危险，现在的危险，未来的危险，终将会编织成一种抽象的危险。然而，我们活着的精神应该遇到的危险，必须是具体的危险。

肉体与精神，如同男人与女人，还是有区别的。肉体保护着我们的身体，如果没有精神异常的影响，它是不会主动走向危险的。肉体从病菌和受伤中保护我们，一旦被它们侵犯，就毫不怠惰地用抗菌素、疼痛和发烧来警惕和抵抗它们。但是，精神有时会主动走向病态和危险。因为精神有时迫使自己招来危险，以显示其存在的理由。不然，我们的精神也许就不愿意相信自己的存在。

事情着实很奇怪，但它确是事实。毋宁说这就是精神的本质，因为犹如肉体的存在那样，精神就在不存在、怀疑自己的存在处产生出来的，毋宁说这是一种常态。不过，这种常态如果长久持续下去，精神就会试图运用相反的力量、证明自己的力量，与它保持平衡。精神直面要求活生生的危险、具体的危险，由于紧张而保持平衡状态，以至达到白热化境地。精神才出现在眼前，它存在的理由变得明显了，在危险的一瞬间，精神达到了相信自己的地步。

真危险啊！实际上正是这瞬间，才是活脱脱的自由精神的真正危险。并且就是在这一瞬间，继续保持的平衡才是精神的真正机能，才能证明精神的真正存在吧。

……马戏团的表演是让观众看到肉体的危险。表演马戏和观看马戏，恰似精神的要求，不具备这种条件的动物群，既不爱好危险的运动，也不会对伙伴们表演的危险杂技感到高兴。

快活的小丑们在幕间所表演的滑稽剧，特别有意思。一个小丑脱下圆顶硬礼帽，只见他头发上系着一根红丝带，另一个小丑受到父母的斥责慌里慌张地逃到大号乐队里。

还有狮子和老虎表演跳跃钻圈子的杂技节目，这种猛兽的杂技，是在绿色的圆形栅栏里表演的，最后，剩下一只老虎没有跳圈子，一个上了年纪的驯兽师扔下鞭子，从容不迫地正面冲着它走过去，老虎仿佛是个接受命令的忠义者害怕驯兽师胸前佩戴的勋章的豪光，非常巧妙地表演着摇摇晃晃地一步步往后退缩的动作。

1952 年 3 月 3 日—4 月 18 日

雅典

希腊是我眷恋之地。

飞机从爱奥尼亚海飞抵科林斯运河上空的时候，我看到夕阳映照下的希腊的群山，西边天空闪烁着金光。希腊晚霞恍若盔甲。我呼唤着希腊的名字。这个名字指引过当年为女性风波而一筹莫展的拜伦奔赴战场，孕育过希腊厌世家赫尔德林的诗的感情，还曾给斯丹达尔的小说《阿芒斯》中的人物在临终的音阶上以勇气。

透过从飞机场开赴市中心的公共汽车的玻璃窗，我看到了夜间灯光照出的山顶城邦。

如今我在希腊。尽管由于我懒得去预订旅馆而被抛入了肮脏的三流旅馆，尽管由于通货膨胀一流饭馆的伙食要 7 万希腊币，尽管此刻在这个城镇惟有我一个日本人过着孤身只影的生活，尽管我不懂得希腊的只言片语，连商店的招牌也读不下来，我却陶醉在无上的幸福中。

我任凭自己的笔驰骋。我今天终于看到了山顶城邦！看到了帕台农神庙！看到了宙斯宫殿！在巴黎，我处在经济拮据的困境，希腊之行几乎绝望时的情景，经常出现在我的梦中。看在这种情况的分上，请暂且原谅我的笔驰骋吧。

苍穹绝妙的蔚蓝，对废墟来说是必须的。如果在帕台农神庙的圆柱之间，头顶的不是这样的天空，而是北欧那种阴沉沉的苍穹，那么效果恐怕就会减半了。由于这种效果格外明显，令人感到这种蔚蓝的天空，似乎是为了废墟而预先准备好的，这种残酷的蔚蓝的静谧，甚至使人仿佛预见到受土耳其军队破坏了的神殿的命运。这种空想不无道理。譬如，请看看狄俄尼索斯剧场吧。在那里不时上演索福克勒斯和欧里庇得斯的悲剧，同样的蔚蓝天空在默默地注视着这种悲剧的灭绝之争。

作为废墟来看，与其说山顶城邦美，毋宁说宙斯宫殿更美。这座宫殿仅剩下 15 根基柱，其中两根孤立一旁。中心部同这两根柱子之间约莫相距 50 米。只有这两根孤立的圆柱。其余 13 根仍支撑着残存的屋顶的框架。这两部分的对比，充分显示出非左右对称的美的极致。我不由得想起龙安寺的石庭园的布局。

说我在巴黎疲于左右对称的东西，绝非言过其实。建筑物自不消说，其他无论是政治、文学，还是音乐、戏剧，法兰西人喜爱的规范和方法论的意识性（姑且这样说），处处都夸耀左右相称。结果，巴黎的“规范过多”，旅行者的心变得沉重了。

这种法兰西文化的“方法”之师，就是希腊。希腊如今在我们的眼前，在这种残酷的蔚蓝天空下，横躺着废墟的姿影。而且，建筑家的方法和意识变了形，特意使旅行者出乎意料地从中找到只把原形当作是废墟的美。

奥林匹亚的非对称的美，并非通过艺术家的意识产生的。

然而龙安寺石庭园的非对称，却是极尽艺术家的意识之能事的产物。与其把它叫做意识，莫如把它叫做执拗的直感或许更正确些。日本的艺术家过去并不依赖于方法。他们所思考的美，不是普遍的东西，而是一次性的东西，结果是难以变动，在这点上，与西欧的美别无二致。不过，产生这种结果的努力，不是方法性的，而是行动性的。也就是说，执拗的直感的锻炼，及其不断的尝试就是一切。单凭各自的行动而能捕捉到的美，是不能敷衍的，是不能抽象化的。日本的美，大概就是一种最具体的东西。

这种凭直感探索到的终极的美的姿影，类似废墟的美，这是不可思议的。艺术家心怀的形象，总是与其创造有关，同时也与破灭相连。艺术家不光从事创造，也从事破坏。其创造往往是在破灭的预感中产生，当他思索着描绘某种终极形象中的美的时候，被描绘的美的完整性，有时候是对付破灭的完整性，有时候是为了对抗破坏而描摹的破坏的完整性。于是，创造几乎失去形状。为什么呢？因为不死之神创造应死生物的时候，那只鸟的美妙的歌声，是以与鸟的肉体之死一起告终为满足的。可是，艺术家如果创造同样的歌声的时候，为了使这种歌声保留至鸟死之后，而不创造鸟应死的肉体，无疑是要创造看不见的不死之鸟。那就是音乐。音乐之美，就是从形象的死开始的。

希腊人相信美之不灭。他们把完整的人体美雕刻在石头上。日本人是不是相信美之不灭，这倒是个疑问。他们思虑具体的美如同肉体那样有消亡的一天，因此，总是模仿死的空寂的形象。石庭园那不均整的美，令人感到仿佛暗示着死本身的不死。

奥林匹亚的废墟之美，究竟属于哪种类型的美呢？或许其废墟和残垣断壁仍然是美本身，就关系到整体结构是依据左右相称的方法这点上。残垣断壁失去部分的构图，是容易让人窥知的。不论是帕台农神庙还是厄瑞克忒翁神庙，我们想象它失去的部分时，不是依据实感，而是根据推理。那种想象的喜悦，不是所谓的空想的诗，而是悟性的陶醉。看到它时，我们的感动，就是看到普遍性的东西的形骸之感动。

而且不妨想象一下，废墟所给予的感动，之所以可能超过我们看到它们的实在原形时所受到的感动，其理由还不仅于此。希腊人思考出来的美的方法，是重新编织生，是再组合自然。瓦莱里也曾说过:“所谓秩序是伟大的反自然的计划。”废墟偶然地使希腊人所思考的那种不灭之美，从希腊人自身的羁绊中解放了出来。

在山顶城邦的各处，我们可以感受到希腊的群山、东方的鲁卡贝托斯山、北方的帕尔纳索斯山、眼前的萨罗尼克湾的萨拉米斯岛，乘上猛刮向它们的希腊的劲风，插上搏动的翅膀。（这正是希腊的风！正是这种风吹拂着我的脸颊，拍打着我的耳朵。）

这些翅膀是从废墟失去的部分中生长出来的。残存的废墟是石头。人在失去的部分得到了翅膀。人正是从这里振翅的。

我们从山顶城邦的蔚蓝天空，看到了摆脱羁绊的生。获得诸神不死的无形的肉体、振翅的景象。从大理石与大理石之间，我们可以看到绽开的火红的罂粟花儿、野生的麦和芒随风摇曳。这里的小神殿奈基之所以没有翅膀，并非偶然。因为那木造的无翅膀的奈基像已经失落了。就是说她已经获得翅膀了。

不光是山顶城邦。就是看宙斯神殿的圆柱群，它那引人生悲的圆柱的耸立姿态，使我仿佛看到了摆脱束缚的普罗米修斯。这里虽然不是高台，但由于废墟的周边是一片矮草，所以看上去神殿的大理石显得越发鲜艳和有生气。

今天我依然沉浸在无尽的酩酊中。我似乎受到狄俄尼索斯的诱惑。上午两个小时，我就是在狄俄尼索斯剧场的大理石的空席上度过的。下午，我漫步在草地上，凝视着宙斯神殿的圆柱群，度过了一个小时的时光。

今天也是绝妙的蓝空。绝妙的风。强烈的光……对了，希腊的日光超过温和的程度，过于毕露，过于强烈。我从内心底里爱这样的光和风。我不喜欢巴黎，我之所以不喜欢印象派，乃是因为那温和而适度的日光。

毋宁说，这是亚热带的光。实际上山顶城邦的外壁，葳蕤丛生着一大片仙人掌。如今松、丝杉和仙人掌，还有黄色的禾本科植物的观众，从看不见一个观众姿影的狄俄尼索斯剧场观众席的更高处，凝然地鸟瞰着空荡的舞台。

我看到在投影半圆舞台上飞掠而过的燕子，那位阿那克里翁歌唱过的燕子。燕群翻腾着白色的腹部，往返翱翔在狄俄尼索斯剧场和演奏场的上空。今天任何一处小屋都休息，它们的心情烦躁地啁啾鸣啭，四处飞翔。

我坐在狄俄尼索斯神的神甫的座席上，静听虫声。不知怎的，一个十二三岁的希腊少年，打从刚才起就缠绕在我身边不肯离去。他大概是想要钱吧，还是想要我正在抽着的英国香烟，抑或是打算把古代希腊的少年爱传授给我呢？如果是这样，我早已知道了。

希腊人相信外面。这是伟大的思想。在基督教发明“精神”以前，人不需要什么“精神”，自豪地生存着。希腊人所思考的内面，总是保持着同外面左右相称。希腊戏剧没有任何诸如基督教所思考的那种精神性的东西。也就是说，过分的内面性必然归结到遭到复仇这一种教训的反复上。我们不能把希腊剧的上演同奥林匹克竞赛分割开来考虑。在这种充分的强烈的阳光下，思考着不断地跃动又静止、不断地破坏又保持下来的、选手们的肌肉般的泛神论式的均衡，让我沉醉在幸福之中。

狄俄尼索斯剧场，作为装饰品，仅残存着蹲踞的狄俄尼索斯神的雕像，以及其周围的浮雕。我们看到剧场背后，像采石场般的石头的堆积，还看到像经过惨剧之后似的四处散乱着衣裳皱褶的残片、圆柱的残片、裸体的残片。

我渐渐移动到各个座席上，度过了接近上演一出悲剧所需要的时间。不论是从神甫席、民众席，或任何一个席位上，无疑都可以透过假面具明晰地听到希腊剧的台词，看到演员伴随着鲜明的影子清晰地变动着姿态。方才有个手持照相机的英国海军士官出现在半圆舞台上，可以很容易地目测到剧场的规模和演员的身高的均衡。

为了重访奥林匹亚，我从山顶城邦启程走了一段宽阔的人行道。领带飘在我肩上，迎面走来的老绅士的白发被风拂乱了。

我又发现了一处恰好的位置来观赏宙斯神殿。我坐在 13 根柱子和两根柱子之间的正居中一带的草地上。这个位置，可以像眺望军队的纵队那样地观望 13 根圆柱。

只见中央的 6 根柱子、右边的 4 根、左边的 3 根分别成一组，准确地将透过神殿可以望见的天空一分为二。但是，中央的 6 根最具重量感。右方的 4 根和左方的 3 根都不均衡，以略差的重量感向中央逼将过来。中央最前头望及的圆柱，率领着其背后的 5 根，显得特别凛然和气质高雅。

神殿的左右，以希腊市镇的远景为背景，屹立着两三棵丝杉。从山顶透过神殿望见的空间的、低约四分之三的位置上，缓缓起伏着褐色的山脉，横穿过圆柱绵延而去，剩下占四分之三的部分，则是绝妙的蔚蓝的天空。

从这个位置上看神殿，简直就是一首诗。

我足足凝神眺望了一个多小时，无疑我站起身来的时候，正是最佳的时机。因为这个时候正好游览车来了，此前我独自占领的诗的领域被喧嚣的观光客所取代，他们成群结队地入侵了。

对我来说，望着他们的姿影，更觉忧郁。因为我不具备其他方便的条件，明天将成为旅游团的成员之一乘坐游览车，奔赴德尔斐。

（叶渭渠　译　　原载《外国文学》1994 年第 3 期）

古今的季节

每次翻阅《古今集》，强烈地感受到古今歌人〔《古今集》，即《古今和歌集》，是日本最早的一部敕撰和歌集，由纪贯之等人于905年编撰，收录1100首和歌。古今歌人，即《古今和歌集》时代或古今时代的歌人〕那种面对季节的姿态。后来产生俳谐，开始设置季题的作法。这时候，人们不觉间轻视和歌的季节了。今天作为俳句规则所称的季题，不是为增强俳句特有的季节感而非有不可的，而是有点接近于为规定而规定的趋向。何况古今各时代，也恐怕很少会有人无所事事地凝望着季节的变迁的吧。因此，对于我们来说，要探索相隔几百年的古今歌人的季节感，也许是不可能的吧……

尽管如此，我们又都是在颠沛间也忘不了风流感怀的人们的子孙。不远的上一个时代的人们，在战场上、在生死界还怀念着风流。这些人的心愿，虽然可以用诸如姿态或自我满足之类的词加以归纳，但是，处在今天这般辉煌时代的我们，恐怕需要重新思考和不断订正这种浮躁的批评吧。再说，正因为在这样的时代里，我们不是才有可能探索到在那风流感怀里有一股清冽的细流吗？我们之所以试图抚触湮没在书堆里的古代歌人们的心灵，正是从这种心态出发的。

人们阅读王朝年代流行的日记类书籍时，总是产生这样一种倾向：想在那个时代的所谓社交界里，寻觅到像路易王朝或维多利亚王朝那样的辉煌。当然，习惯用今天异邦文物的眼光去阅读这些作品的时候，从时间上说，路易王朝那绚丽的辉煌，也令人感到映衬着酷似平安朝的社交界。然而，经过平心静气地几度重读这些日记或故事之后，肯定会察觉到他们迄今陷入了不可思议的错觉中。极言之，这是人们迄今所能到达的最空寂的世界。凡人可能会沉醉在路易王朝也比不上的荣华里，也可能会整个陶醉在平庸的恍惚之中。然而，比较优秀的人们——连出现在法兰西王朝时代的歌颂无常的《墓地夫人》的作者，也高度地意识到——在完全空寂的地方孤寂地醒悟过来。更何况日记、故事类的作者，十之八九都有过这样的心境。即使这样说，也不至于错误吧。试举一例来说，“好色者”这个词所显示的深刻意味，是建立在号称“好色者”的人们的形象上，他们才是最鲜明地熟识这种世态的风潮，是他们通过故事来向我们叙述的。就算《更级日记》等不是出现在社交中心的人物的记录，而不加问津，然而今天仍然被讴歌的奔放辉煌的《和泉式部日记》中所反映的日常状态，与我们虚无缥缈的空想全然相反，甚至是可怕的冷冰冰的寂寞。正是在那样的文化、那样的文明大放异彩的时代里，才是抚触可能抚触的人的姿态。就是在甚少叙景的缕缕不绝的心理历程里，也强烈地渗透出季节的色调。行文的字里行间，蓬勃的无数歌中，也飘溢出季节的芳香，有时候会从对季节的震撼中浮现出来。此类的事，虽然可以用诸如只是日本文学的特质，进而是日本人的国民性这样抽象的语言来说明，但是，从古今时代起就持续不断的对季节的感怀，令人觉得似乎有一种非同寻常的东西。陈述了冗长的开场白之后，让我们走近古今歌人们的季节的心灵吧……

古今和歌集开篇就以季节分类，这种编纂法的确只有这个时代才可能产生，将一卷卷的古今和歌、无数的季节歌相互对照来看，大体上也能感受到不寻常的东西。古今歌人们等待季节的姿态，绝不是简单的“待春之心”，而是甚至可以看到的如饥似渴的心情。刚看到一丁点季节的苗头时，他们就迫不及待地向它呼唤。而今天，我们焦急地等候下一个季节的心情，多半是由于开始对现在的季节感到厌倦，即将来临的纵令是苛酷的季节也罢，一半是出于寻求变化的浮躁心情，这与一心一意地探索不同，古今歌人从花初绽开时，就饶有兴味地不断憧憬着万物繁荣的季节。是春季，就一个劲地等待着春天，并竭尽全力地去歌颂它，又尽情地哀惜它。之后，马上又将视线转移到夏季之美上，这种情景不免使人感到似乎稍逊风趣。但是，在这种稍逊风趣里，我们仿佛会看到他们那种容忍着某种无边无际的东西的真实姿态。与其说是等待，莫如说祈盼更好些，在他们的容忍里，行将来临的日子，是否就没有虚度年华，今天就全身心地讴歌至高无上呢。这颗等待着明天的心，毋宁说就横在眼前的彼方，难道不是吗？缘此，这种歌的构思，从表面上看，似乎是把至高无上的意义放在正在等待季节的目标上，其实，把正在等待的姿态本身作最高的讴歌，这里就有无上的不寻常，不是吗？这样地思考，他们忍耐宽恕的东西，似乎是那样的圆满齐全。想着下一步飞翔，仰望着那无垠的高度，当场采取极力容忍的姿态，如果与这种姿态相比拟，无疑更容易……这样一来，他们那像是期盼圆满的“容忍”，如果真是容忍圆满本身的话，那么只顾等待季节的推移的心灵活动，就可能会被人怀疑它只不过是机械般的挪动罢了。但是，这机械是不可侵犯的高贵领域。他们尝试着要圆满齐全地在忍耐着漫长的艰苦道路上，在过于光彩夺目以至只得成为盲人的道路上，高举一把火炬。

“不下力气就震撼天地，让肉眼看不见的鬼神出现”这种歌的意志，是通过这把火炬形象化地呈现的。虽然众多的万叶歌人〔万叶歌人，即《万叶集》时代的歌人。《万叶集》，于764—769年编撰，收录4496首和歌〕早就掌握了赋予朴素和奔放以“生命”的方法。但是，要给推脱不开的完备的形式注入“生命”的方法，古今的歌人却才刚刚开始掌握并去完成。他们沿袭古代的风习，努力避免人为的造作。等待着“神灵”照射进来的光辉。惟有季节才是这“生命”的源泉，他们只顾祈盼着观赏季节的推移、繁荣、开花的姿影。由于没有夹杂着人为的气息，季节的推移总是难以流动，总是作为神圣不可侵犯的东西被勾勒了出来。因此，焦虑又带着完备的辉煌和生命的娇嫩，升华为歌。古今的歌人们就是在这样的神的雅趣的盛情中凝视着季节的。古今的歌以及后来的日记类的歌，都是王朝时代开始诞生，并同季节的感怀联系在一起的……

提起古今的季节，首先一定会列举出月、雪花，这是常规的作法。不过，在讴歌这些自然景象的作品中，自古以来脍炙人口的名歌非常多，我觉得要在这篇小论文里一一论述是力不从心的。因此，今天只就近来描写初夏时节的东西来谈谈。5月这个词，与其说带有某种日本味，不如说是带有时髦性的，一提起5月，眼前仿佛立即会浮现出北欧乔木林那一派悠悠绿韵，不过，这权当别论，对我来说，5月这个季节，不论从情绪上或从身体上说，都觉得是特别好的季节。幼年时代，摆设着武士偶人的桌面都铺上紫色的桌布，至今依然记忆犹新，当我凝视着那边缘上闪烁着神话般的云霞形状时，一种幻觉向我袭将过来，我仿佛看到晴朗的5月苍穹，张开一面灿烂的紫色帷幔。5月里虽然没有节日，但是，在朝廷那古色古香的礼堂里，每当举行仪式的时候，拉起的紫色帷幕，那印染着洁白菊花家徽的帷幕，说不定什么时候就会飘逸出尚武的节日的爽朗气氛来……

……《古今集》第三卷夏歌里，一开头就刊载了如下一首歌：

我家池畔藤花开

不觉杜鹃鸣啭来

上句里有“匀称”的流动。不断地酿造出清澈大河流动般的一种匀称的氛围。这种“匀称”是一种已准备好行将被打破的匀称。这是宛如花炮球放出许多火花尚未被粉碎之前，咕嘟咕嘟烧开般的匀称。这种匀称用一个“开”字断句，静悄悄地只留下一丁点空间可以窥见彼方。这片空间也许可以说是洋溢着幽雅的“等待的感怀”心绪吧。于是“杜鹃”的鸣啭便嘹亮地响开了。这卷《古今集》的夏歌就是这样展开的……卷头写的一句已经被看作是夏季的景物，惜春的感怀便可窥见。第二首的“哀怜”之歌，卷头没有写，一旦讴歌了夏季一派辉煌之后，就让人看到回顾风雅的姿影……乍看这种排列像是矛盾，其实是《古今集》编撰者的一种非同凡响的用心，这种本事不能不令人赞叹。如果说允许用音乐的眼光来看一部歌集编纂的话，那么把这两首歌并排起来看，无疑会令人想起那舞乐〔舞乐，伴舞古乐的总称。是日本奈良时代（710—784）开始流行的古典音乐舞蹈，受唐乐、高丽乐的影响〕的典雅旋律，或与它有血缘关系的能乐〔能乐，日本古典艺能之一，是能和狂言的总称〕那容易踌躇的月亮般的行踪。“哀怜心绪添几许／春后迟迟独自开”这首吟咏不合季节的花之后，并排了三首充满等待杜鹃的感怀之歌。这种等待的感怀，飘溢着回想和憧憬的微明的芬芳，宛如沉淀在布满水草翠绿的池子里。憧憬和追忆萦回在等待的姿态中。这种姿态可以比喻为犹如一株倚水的含苞待放的莲花蓓蕾……

夏季到来仿佛使人愕然惊醒。运用未来式讴歌的夏季，不采用进行式而突然改为过去式。

五月不觉忽来临
杜鹃鸣啭声声亲

……换句话说，由此直至末尾倒数第五首都是夏歌，随时都可以听到杜鹃的啁啾鸣啭。起初杜鹃是在橘花盛开的、遍地深绿的夏季山上，愉快明朗地鸣啭。在啁啾声中，多少还伴随着些许悲愁的情调。但是，不知什么时候，人的这种凝视，终于升华到无名惆怅的抒情意境里。

山上杜鹃声声啼
嗟叹世间人沮丧

在盛夏里，开始泛起厌离的心绪。每天的“忧虑”，很快又反映到杜鹃身上。

夏夜仰卧听杜鹃
啼鸣一声呼天明

夏日山中思恋人
高亢悲鸣杜鹃情

山上盼人杜鹃啼
声声切切增恋意

……这里所吟咏的种种恋情，并不是什么失恋，而是充满着一种无名的哀情吧。“高亢悲鸣”或“声声切切”这种升华的情调，恍如云烟袅袅升腾，溶入了苍穹……

歌颂杜鹃之后，在吟咏“晓月云间何处隐”的句子里，类似彷徨的心绪也有升华。仿佛带着夏季到来时那种明朗的情绪远去。

夏去秋来行空路
凉风习习一旁拂

《古今集》的歌人们也许一边惊讶于凉风吹拂着他们的衣领边，一边凝望着浮云的去来吧。他们望着季节与季节悠然自得地在交替，犹如观望上下往来大放光彩的浮云。浮云各奔东西之后，苍穹宛如清扫过似的呈现一派虚空。面对带着从深处发光的、忧愁的蔚蓝而往还的浮云，人们无疑会感到自己在关键时刻潜藏的绝望的无常。于是，被秋风吹醒了的人们，又将视线投向下一个季节，并且开始采取果敢而又无上高贵的“等待姿态”。

1942 年 5 月 11 日

相闻歌的源流

相闻歌，《万叶集》中一部分和歌分类，包括广泛的唱和、赠答之歌，以恋歌为主。

这是日本的历史，如果这样说不合适的话，那么日本人心中的历史，是什么时候发生了最初的出乎意外的事件呢？

让我们翻开《古事记》来看吧。首先，天地之初，在高天原上出现了三柱神。他们都是独神，而且是隐身之神。后来又出现了二柱的独神。以上的五神是别天神。其次，又出现了二柱的独神之后，再出现了五组男女神。二柱和五组加起来，就称为神世七代。然后通过诸神之命，在以上的源流中的最新的男女之神，从天的浮桥上放下天之沼矛，制造出“磤驭卢”岛，然后降到该岛上，建立天之御柱，造成八寻殿。

至此，没有发生任何意外的事件。在神话的世界里，悖理和奇迹是司空见惯的事。如同询问早晨起来为什么要说“您早”是毫无意义那样，倘使询问为什么高天原上会产生独神，会出现男女神？——为什么用天之沼矛搅动海之盐，会造成岛屿？这也是毫无意义的。现代人把这些传说都当作生殖的比喻来理解。当然，所谓天之沼矛，无疑是祭祀巴克斯酒神时需要的某种东西，这样理解也未尝不可。只要明白不是意外的事件，也就可以了。然而，古代人大概没有把这种悖理当作比喻而使之合理化吧。悖理就是悖理，这是很自然的事。不然，为什么在叙述这种天之沼矛及其他奇迹之后，把与这个奇迹内容相同的一种行为，当作男女最初的交配，简略地说了出来，就令人不解呢。那恐怕不仅是为了强调而埋下伏线这种近代手法的源流吧。作为神话最初的一节，需要某种异常的非人性的静谧。在那里，任何奇迹似乎都不是意外的，它需要白昼的静谧。因此，听者的心必须具有这样的承受能力，即把所有的奇迹都当作奇迹（不是作为比喻），而不感到任何意外。它带有逆说意味，不过天之沼矛不是阳物的比喻。也许是现代人丧失了阅读这最初两节的能力吧。

没有结婚，出现了又消失的四代男女神。最新的男女神从天的浮桥经过不可思议的过程，制造出“磤驭卢”岛，这一带有神秘性的序曲正是一个前提，就是把人不断地引向人性的光辉的惊恐。通过这种极其自然的悖理，达到了下一节记述的对人性的令人高兴的意外惊讶，现代人大概已经不能追寻这种古式的读法了。

不管怎么说，就这样，当日本国土的父神和母神举行最初结婚仪式时，没有一个与会者，当然也就没有媒人，哪儿都不会有婚姻的先例。新郎和新娘自始至终都必须自己去思考，自己去发明。但是，依然没有遇到意外的事情。新郎新娘十足故事中的人物，顺利地行动。察觉到男体女体之区别也是奇迹之一。围绕着天之御柱顺序走，也是这样。两人采取了应该采取的行动。两人依然住在安详的悖理的世界里。至此，对方问道:“为什么那个老太婆的鼻子长得那么长？”这方回答说:“因为这是故事呀！”这种世界就这样打发过去了。

在日本人心中的历史上发生的意外事件，是在此之后。而且不是奇迹。如果是奇迹就已经不是意外了。大概是什么阴差阳错吧。说不定是天神的恶作剧呢。但又不像是天神的恶作剧。原来这是从人那里来的最初的蹉跌。神的力量丝毫也没有给予保护的、最初的事件发生了。人通过这种“错误”，第一次彼此邂逅，如果不把这种事称为意外，那么又叫做什么呢?

神话的这部分是这样记述的:

“于是伊邪那岐命说:‘那么我和你绕着天之御柱走，邂逅之后再行房事吧’。又约定：你绕右边，我绕左边。他们约定后，绕柱而走。新娘伊邪那美命先说道：‘啊！真是个好男子！’随后新郎伊邪那岐命说道：‘啊！真是个好女子！’然后新郎对新娘说：‘女人先说，不好。’”

众所周知，他们最初的合欢之后，生下水蛭子，是个残疾儿。二神短暂返回天上，接受天神之命作占卜。于是，神指示说：“因为女人先说，所以不好。再次下凡，重新来一遍。”二神又重新再绕天之御柱走。这回男神先说道：“啊！真是个好女子！”随后夫妇交欢，接二连三地生下了健康的诸岛和众神。

这个神话故事至少具有什么意义呢？我不知道学说是怎么阐明的。但是，不论阅读《古事记》的哪部分（只有神示：这不好），都没有写到这个突然的错误是神或魔神捣的鬼。也没有写到神能够制止这种行为。神只是在暗地里给人投以几分责难的意思，说了声：“重新来一遍。”完全没有触及人的这种错误的动机。简直就像害怕触及似的。

也许神之间也有禁忌的行为。神肯定看到人性的底层潜藏着这种禁忌的行为。天神们无疑会在天上闪烁着好奇的目光，凝视着两人绕着天之御柱走的情景。可能会把手指按在云际，探出身子，那样忘我，甚至险些掉落到凡界。天神们那样忘我地注视着遥远的凡界新娘新郎那纯真的步伐，并不怀疑地上的这两人邂逅时，新郎会首先说出：“啊！真是个好女子！”两人邂逅了。也意外地！……最初的话，首先是从面红耳赤的新娘那恍如古代鲜桃般的嘴唇泄漏出来的。“啊！真是个好男子！”——为什么会成这个样子呢？为什么会发生这种不该发生的事件呢？（总之，这个神话说明了在“不该发生的事件”

里，看到了人性的最初表现，这个神话是极其象征性的，而且也是一种讽刺）——无疑天神们会产生动摇。就算有信仰，他们肯定也会感到那信仰将会伴随着地鸣而产生震动的。但是，他们记住的，绝不仅是惊愕和愤慨。他们感到害怕了。人依然还是人，这瞬间他们给神以莫名的畏惧。从此以后，人永远用这样美妙的方法，反复不断地在一个个瞬间给神以畏惧——这可能是给天神们一种刺痒痒般的痛苦吧。他们大概难于对付这种莫名其妙的心痛吧。只要人不断地繁衍下去，神的这种心痛就无法消失。

神不知多少次，大概数千次，数万次，不得不遇上这种难以形容的痛楚的复活。每当人世间彼此交换相闻歌时，他们就不得不遇上这种情景。

在第一次机会的“人所犯的第一次蹉跌”里，看到日本诗歌隐秘的源流，难道就不当吗？看到相闻歌的发祥处难道就错了吗？“啊！真是个好男子！”“啊！真是个好女子！”这种彼此至上的呼唤，还会有这个比无意中来自人最初的错误的神话，更能暗示相闻的世界那种美妙的真谛、那个世界的丰饶和溢美、无处不在说明那个世界的悲剧的东西吗？相闻歌历经数千年，给人们的心灵带来的一切不安、战栗、喜悦、悲哀和苦恼，在这一瞬间的不吉利的时刻里，彼此美丽的呼唤和交欢，难道就不会流传下来吗？

相闻歌是反复出现的永恒主题。莺呼唤莺。在夜间的蔷薇丛中，一声爱的呼唤，两只小鸟就相互交欢。这最初的发声的过错，是多么无与伦比的美啊！

伊邪那美命——日本最初的新娘，是不懂得伦理、思想甚至悲哀的。她只是听任神的意志自由自在地行动。从这样一个少女的嘴里迸发出意外喜悦的呼唤，它甚至具有改变天地秩序的力量，这是不难想象的。据神话记载，新郎身上多少有点类似思想的东西。因为事后新郎流露出“女人先说，不合适”这句牢骚来。然而，当这个新郎接触到“啊！真是个好男子！”这一呼唤时，一语不言地立即响应说:“啊！真是个好女子！”这种呼唤交欢仿佛是一句话的事。一方是不能断绝的。第一句话的话音刚落，第二句话比山谷的回响还快地就接了上来。恰似欧洲中世纪的古朴绘画中的人物，放射出来的白色带子，象征着从嘴里说出来的话，两人旋即在两人之间的空间，从左右用美丽的语言筑起了的拱形的穹隆。从这一刹那起，语言已经不只是两人的东西，而成为世界的东西了。从这时起，两人丧失了语言，只顾面面相觑。诚然，新娘眼里所映现的新郎，只是个男子汉，只是个美貌的男性。新郎眼前所见的新娘，是这个世界上唯一的美丽的女性。但残酷的是，两人开始了人世间真率的歌唱交欢之后，已经必须离开天上无阴霾的至福的生活。而且，宛如其证明似的，两人交欢之后的前途，就是人生最初的厄运，做好准备等待着“生下残疾儿”。后来的历史，就是无数次反复地互赠相闻歌，结果会不会出现一个不像这种情景的情景呢？难道人们看不到这样一个现实吗：在这人世间能够制造出最美丽的东西的，是呼唤彼此灵魂的歌，这歌被人们歌唱的同时，也就丧失了。人与人之间，相爱者之间，仿佛不能如此激烈地互相呼唤。这样相互呼唤，无疑是某种不吉利的事。不能三番五次地给神的心以那么多的痛楚。对这个美丽的最初的过失，人类不能不付出代价，接受人类最初的“残疾儿”。不过，从那以后，为了相闻歌所付出的精神牺牲品越来越多，压在人的肩上的担子也就越来越沉重。人为了相闻歌，不得不付出可怕的代价。必须预知可能会出现的一切不幸。只是为了这种事，歌唱交欢这个主题的单纯的使用，已变得陈旧了。

相闻歌就成为人站在突出边缘上的最激烈的危机的歌。其后，两人一定丧失语言而面面相觑，两人最美的那一瞬间，彼此看到了对方的脸上仿佛在燃烧，火光留下了一把黑灰就消失了。尽管如此，男女还是必须不泄气地相互呼唤着。

1948 年 1 月

关于美

关于美，是我平时思考的片断的笔记。假使整理好，我打算将它编入有系统的评论体裁里。仅是这些，不成意思。

美的观念，东方（尤其日本）的美理念与西方的美理念之间，不是大相径庭吗？既然如此，还有效用之差吗？

欧洲的唯美主义最初是希腊主义，第二次是东方趣味及其他异国情调（尤其是法兰西浪漫派）。作为希腊主义的唯美主义，把亚历山大文化对古代希腊文化所具有的那样的关系，让文艺复兴文化所拥有。也就是强化目的意识的主格颠倒与颓废。是结果论，而不是本质论。对容忍业余爱好者的创造性的逆行，使创造的批评性职能与有意识的结构明确起来。它同神秘主义毫无缘分。它是复兴朴素的人间主义的逆说的表现。

为什么强化目的意识呢？“为艺术而艺术”这一理念，是艺术的当然前提。不过，这是艺术要件的结果论的分析而已。这种理念不过是抹杀目的，不必要的强化目的意识而已。艺术至上主义的名称，不过是那个时代的赶潮流的标语罢了。

美通过与道德（神）的置换，不能摆脱复兴人间主义的范畴。在欧洲，超伦理性只不过是意味着肉体对精神的胜利而已。作为希腊主义的唯美主义，是一种人间主义的泛神论。

戈蒂埃〔戈蒂埃（1811—1872），法国诗人、小说家、评论家、新闻记者。早期浪漫主义向19世纪末唯美主义和自然主义转变时期，他的影响至为深远。主要作品有:《莫班小姐》等〕的美的观念。视觉的优先。批评性的丧失。绘画性。美的即物的概念。“对我来说，在我的人生〔“因为我终于洗手不干艺术工作了呀。除了太阳以外，我再也不想崇拜什么啦……太阳最讨厌思量，这点你察觉了吗？（下略）”——这是纪德摘录王尔德的语录。接着纪德继续写道:“崇拜太阳，啊！那就是崇拜生活。”在这点上，戈蒂埃与王尔德是两个极端。——原注〕应该避开阳光，连一隅的背阴处也没有。”

唯美主义与浪漫主义的本质矛盾。戈蒂埃的矛盾。异国情调正是感受性的嗜欲。

波德莱尔与王尔德有本质的类似。所谓浪漫主义是异质的东西。波德莱尔与神对抗。他的美学远离希腊主义，而同中世纪的恶魔传说联系在一起。同非超伦理性的伦理相对抗。因此必然包含着譬如说反射性的神秘主义。它同陀思妥耶夫斯基的美学有共同性。在王尔德以前，有比王尔德更深刻的对美的本质论的探索。

坡的美学属于艺术美学的范畴，与唯美主义没有直接的联系。

陀思妥耶夫斯基的美的观念（《卡拉马佐夫兄弟》1880 年）犹如波德莱尔，他也认为美不是作为解决人间存在的相对性的场所，也不是作为绝对者，而是作为人间存在的悲剧性如实的矛盾相克的现场。它与王尔德的超伦理性的人间主义不同，含有一种东方神秘主义的味道。“美——美这种东西是可怕的，是令人害怕的啊！因为它不能用清规戒律来衡量，所以是可怕的。（中略）在美的领域里，双方的岸边相碰在一起，所有的矛盾都聚集在一起。”……在陀思妥耶夫斯基看来，美是人间存在的不可避免的存在形式，存在形式本身就是个谜，这个谜就成为他的神学的酵母。为什么呢，因为他们不是让美与神对置（王尔德）、对抗（波德莱尔），而是提高美的观念，而且用美这种存在形式，包含了存在于人间内部所进行的神与恶魔之争。

纪德说拯救了陀思妥耶夫斯基的内部复杂的对抗的，是

《福音书》的自我抛弃和自我牺牲的精神。这种宗教的救济，与美之间的关系的二重性是什么呢？在陀思妥耶夫斯基的美的观念里，有异教的色彩，有对非神的东西的憧憬性的畏惧。有探寻人性深渊者的不盼救济的傲慢的肯定。难道这就不意味着拒绝救济吗？纵令一瞬间也罢。

难道美就一点都不成为他的自我抛弃的存在形式吗？这时，绝对者的救济将再度坠入相对性。只要他还是个人，美难道就没有力量使这种救济成为不可能，使救济不断地降低到相对的东西吗？宗教的救济是在死的瞬间才战胜的吗？抑或是宗教的救济与美之间的二重性显示了一致呢？

在这里，难道想起尼采的艺术概念是徒劳的吗？“希腊人能够认识并感受到生存的恐怖和可怕程度。”在基督教里，成为希腊悲剧的母胎的“生”的理念被尖锐地对立起来，产生了“强烈的悲观主义”。但是，陀思妥耶夫斯基的美的观念，至少不是希腊的。我（直观地）感受到亚洲生活的指示。在这里，难道就没有对欧洲人来说是不断受到威胁的亚洲的混沌风土吗？实际上，尼采当作希腊艺术的始源所指出的狄俄尼索斯的祭祀，起源于亚洲这件事，难道不是众所周知的吗？

但是，在另一方面，托马斯·曼在唯美主义批判的《在威尼斯死亡》中说，唯美主义在其自身的崩溃中死亡。作为他批判对象的美，是在死亡的方向的。海、亚洲的梦想，所有这一切都走向死亡的方向。他通过叔本华的影响所看到的亚洲，是带着死亡的幻觉散发出光辉。它的出现，宛如吸鸦片者的梦。它成为死亡的行为的艺术象征。美，只能在死亡中呼吸。在生活与艺术问题上，他采取了与王尔德不同的形式去探索。

19世纪，宣告了唯美主义的终结。但是，它所播撒的种子是冗多的。王尔德对纪德的影响，格奥尔格对里尔克的影响，绝不是简单的。

日本的美的观念呢？

神的不在。与宗教道德没有对立。更没有拥有希腊。也没有人间中心的传统。

平安时代以来，美的观念，主要是从自然中抽出。生活与美（艺术）没有相克。美第一次站在生活之上，是秩序崩溃期的《新古今和歌集》时代。宗教的末世思想与美的相位之间是平行关系。在这里，令人想起托马斯·曼所暗示的那样，那显然有美与死亡之间的相关问题。这种相关，在谣曲〔谣曲，能乐的词章，或歌唱词章者〕里达到了完全的一致。在日本，美并不意味着人间主义的复活，甚至带有“否定生”的这种宗教性。

为什么呢？

佛教的厌世观与美结缘（这种情况一直延续到江户末期），实际上，这难道不是宿命观与现世主义的微妙结合吗？难道不是美已经成为生活的唯一的代替神的相位概念了吗？这种结合难道不是美本身的超克图式吗？

设定现世主义的宗教化这种矛盾，难道不就是美吗？难道不就是佛教的“无”的硬译吗？

关于现代的美与政治的关系问题，我想再慢慢地思考。

1949年6月25日

死的分量

哥伦布发现了美洲，世界的次元起了变化。生活在二次元的世界里的人们，如同生活在三次元的世界里一样。圣萨尔瓦多岛命名于 1492 年，这样，世界上的人们从感觉上承认了地球是圆的。50 年后，哥白尼倡导的“天体运行论”学说才开始流行。

我并不想在这里开始温习西方历史。不过，我们在学校也学习过这个时代的三大重要发明，那就是指南针、火药和活字印刷术。

哥伦布承蒙指南针的恩惠才发现了美洲。火药和活字印刷术的发明，帮助开阔了这个世界。大炮的发明，使任何城墙在这种新武器面前都不是坚不可摧的，整个战争方式发生了变化，骑士们的一对一单枪匹马的厮杀，就完全成为故事。另一方面，承蒙活字印刷术的恩惠，古登堡印刷了《圣经》，宣告思想的口传乃至于抄本时间性的传承时代已经成为过去，进入了一个空间性的普及时代。

今天看来，基本上是同时代发明的火药和活字印刷术，让人感到似乎带有讽刺的意味。

文化的普及同破坏力的普及携手来了。思想的空间性扩大，同时促使破坏力的进步统一。近代性统一国家的成立，首先需要发明大炮以使城墙变得无力化。

且说刀剑、枪和弓箭不过是个别杀人的工具而已。荷马的叙事诗里，不厌其烦地列举了战场上和私斗中人的个别的死。神话时代的希腊人连马都不认识。看见异国人骑着马前来，吓得魂不附体，以至创造出半人半马的怪兽形象来。

城邦的接合一产生，希腊人的世界，全部都是城市国家。进而开拓殖民地，殖民地加入了他们的世界。但是城邦消亡，他们的世界也就消亡了。

到了罗马时代，世界大大地扩大，从英国到西班牙，从美洲到小亚细亚以东，大罗马帝国的版图扩展了。人们认为这是欧洲人发现的最大的世界。为什么呢？因为除了奴隶以外，罗马人都能个别地死，但他们的死丝毫也不怀疑罗马的永生，足以消灭罗马的破坏力还没有发明出来的缘故。

中世纪世界面貌的缩小，哥伦布发现美洲以至世界的再扩大，近世殖民地的争夺使世界面貌结局的扩大……通过这样的过程，从先前的大战后失败而告终的国际联盟，发展到世界国家的理想登场。在第二次世界大战后，这种理想便以联合国的形式存活了下来。

于是，问题就归结到原子弹与联合国之间宿命的联系上了。

我们已经不相信个人的死这种东西了，在我们的死当中，既有自然死，也有战死，却没有一个是具有个性的。但严密地说，死亡是个人的事情，谁都不能以自身来承担自己以外的死亡。死亡之所以这样地丧失了个性，原因就在于在世界上普及现代生活的划一化，以及被划一化的生活方式，使世界面貌单一化的缘故。

然而，原子弹一瞬间就屠杀了数十万人，从这一事实中产生的末日感、世界毁灭感，大概同发明大炮的时代，大炮消灭了数百人这种新鲜的事实所带给人们的是同样的感觉吧。弱小封建国家的灭亡，在事实的感觉上与世界的灭亡是相同的。在我们对原子弹的恐怖中，有力地保存着我们的世界面貌的扩大和单一化。由联合国管理原子弹这种舆论甚嚣尘上，可是，产生联合国的思想的同时，又不得不生产原子弹，世界国家的理想与对原子弹的恐怖之间是互相借助力量的。

交通工具的发达与仅有两种政治势力的世界性对立之间，扩大我们所拥有的世界面貌的同时，也使它变得狭窄。原子弹导致的死者人数，同我们时代的世界形象甚是融洽，这是带有讽刺性的意味。如果世界是明显地被两大势力分割开来的话，那么一定导致人们发明一种破坏力，足以在一瞬间使另半个世界灭亡。

但是，我们绝不把他人的死亡当作死亡。被原子弹炸死也罢，或患脑溢血死也罢，各个人的死的分量都是一样的。不为从原子弹中创造出新的半人半马的怪兽神话那样的错觉而狂奔，明确地看透了自己的死的分量的人，可能会在今后的世界上成为一个真正有勇气的人吧。首先个人必须复活。

1954 年 11 月

谈谈男子汉

木村保安厅长官说“我也是个男子汉”，因而出了名。“男子汉”这种表现，意味着一种道德的高度。这不仅限于封建时代的日本，而且也是世界各国共同的现象。古代的希腊，男性的美德，被原封不动地当作是人的美德，而对于女人来说，充其量不过是要求她们贞节这种生理性的道德而已。波伏瓦说：“在现代社会里，男人不只是指‘男性’，而且是代表‘人’。女人则与它相反，它只代表‘女性’。”这种说法是正确的。英文的“人”字，同时也是男人的意思。

我们男性从孩提起就被教育说：卑劣、撒谎、背叛、怯懦，这一切都像是属于女人的东西，是没有出息的东西。到了自己长大成人，始知在男人的世界里也有这么多的卑劣、撒谎、背叛和怯懦，不禁大吃一惊。不过，那时候已经学会了从性方面征服女性，所以自己不论在社会上或生理上，都觉得自己比女人优越。这点至今也不怀疑。于是就一边糟糕透顶地撒谎，一边却说“我也是个男子汉”。

也许同一般的想法相反，男子汉是怯懦、脆弱、不可靠的，所以为了支撑和鼓舞男人，才发明了男性的美德这种枷锁的吧。说实在的，比男人更愚蠢的女人也不在少数，她们无意识地就轻率露出卑劣、妒忌、撒谎、怯懦等人类的弱点，而且说不定她们是把“女人是柔弱的”这种金科玉律当作盾牌，以求得全人类的宽恕呢。在这里，我想起这份妇女杂志，我得加个注释，刚才我之所以把女人的事说成愚蠢，不过是采用了世间一般的用语罢了。根据一般想法，所谓“愚蠢”只意味着“对社会的适应能力拙劣”。

就我们日常的见闻来说，在发生地震或火灾那样重大的情况下，首先惊慌起来的是男人，而满不在乎地显得沉着的却是女人。这大概是由于女人比男人更习惯于同分娩这种“自然”的可怕的威胁打交道的缘故吧。前些时候，我去某公司面试新人，女应征者说声“哟，真讨厌呀先生”，然后露出妩媚的神色，带笑地把主考置于烟雾里。她们一个个都很勇敢，使你不由自主地都给她们打分。相反，男应征者一个个都怯场，自尊心、胆量都没了，真使我大吃一惊。有个主考问道:“喂，你不是个罗圈腿吗？”应征青年回答说:“不是的，我的腿在发颤。”仔细一看，原来那青年的腿的确抖得合不拢膝盖。

我们男性从少年时代起，生活在远比女性更自由的自我世界里，可是天生的对社会的适应性，反而比女性差，更多地养成了盲目的服从。我国特有的师徒关系自不消说，军队和全体主义善于利用这种男人，社会上也善于利用尚未成年的青少年的这种服从心理。男人一方面虽然具有自己的自我珍贵感，但另一方面，为了全体，也容易放弃自我。这种意识类似雄蚁的本能，生殖的作用一完结就立即死灭。也许这种意识还残存在男人的脑子里。

于是，为了延长这种意识，男人在起生殖作用之前，就先发现自己的任务和使命，并努力从雄蚂蚁的夭折宿命中摆脱出来，这是男性自身努力的结果。男性必须在弄清性的存在理由之前，发现自己的存在的理由。人类创造的种种文化的价值，就是从男性的这种要求中产生的。

女人本来就没有这种要求，因此今天很多女人都在日常的现实性中停滞不前，这与形而上学的世界无缘。创造社会的也是男人。男人为了圆滑地运作，发明了幽默，学会了适当地调节自己。今天的女性，包括著名的女性，缺乏幽默感和无聊的连续不断的自我主张，就成了一种特色。男人本是开玩笑的话，竟招来女性像烈火般愤怒的结果，弄得男人总是闭口无言。这份妇女杂志连报道有关流行和化妆的事也显得一派严肃，没有一点幽默感。

虽说是个男子汉，却总是在反省。毫无疑问，他们都希望男人的世界变得更加美好。只是，让人感到难办的，是男性的道德问题。无论如何都要印证男性的自豪（众所周知，希腊神话中的那喀索斯是个男人），男人为了变得更好，就让女性强烈主张撒谎、妒忌、卑劣、怯懦这些女性特有的美德，结果，男人要采取与她们完全相反的行动，就必须拼命逞能。女人都在逞强。在美国，男性都尽量发挥自己的短处。

写到这里就得出一个奇妙的结论，在这里我想起原先是约我写《所谓男人就是这种人》的稿子，希望我从男人的立场进行自白。可是，我这篇文章似乎离题，距约稿的要求太远了。不过，撰写这种文章的家伙的心态，就是个男人的心态，这点想必贤明的诸姐早就猜测到了。这样看来，这篇稿子也可以说是符合约稿时提出的要求吧。

1954 年 2 月

美的东西

新年伊始，就谈这不太平和的事。不管怎么说，最近看到的美的东西，就是旧历腊月初十夜在国际体育场观看到的中西。当时中西和金子进行一场不以头衔为赌注的第十二届拳击比赛。中西和金子都戴着拳击用的红手套，身穿带有黑线和红线的短裤，比赛一开始，摄影班的镁光灯冲着激战中的两个琥珀色躯体，不断地闪烁着藓苔般的银白色的光芒。

第二回合即将结束，在钟声响之前，出现金子连续钩击，击中中西的躯干。后来回想，这是决定胜负的分界线。第三回合，金子始终处于优势。第四回合，中西两次倒下。当他从第二次倒下中爬起来，只用精神力量痛击对方，使得缺乏警惕的金子单膝跪倒。这时全场六千观众顿时狂热了起来。但是第五回合，中西又倒了下去。金子凭技艺把他打倒，最后以金子获胜而告终。

所幸的，我是坐在拳击场前排座席上，好几次清楚地看到了中西虽然倒下，但在拳击数点数到第七声时，他挂着一副凄怆的表情，爬了起来。站立起来的他，仿佛在看不见的空中寻找什么似的，用锐利的目光环视了四周。在他的眼里，没有敌人了。然而，敌人一定存在，敌人一定在这个白色的无情的拳击场里，而且做好了准备正在等待着他。因此，他必须把敌人找出来。

在旋涡般的世界里，全是目眩、痛苦和观众的欢呼。这是挤得满满的古板的世界，黑暗与光辉交替出现的世界……他的眼睛试图在这里面拼命地找出敌人，找出又给自己带来痛苦的对象。这双眼睛实在美极了。这在舞台上或在电影里是绝对看不到的。

拳击比赛的兴味，是同这种可怕的现实感紧紧联系在一起的。不然，平时我们除了舞台和电影里创作的愤怒和悲伤之外，就没有机会接触到人的活生生的愤怒和活脱脱的表情。市民生活是一种假面的生活。罗马人之所以盛行在圆形比赛场里互相厮杀的实际技巧比赛，虽然一般认为这是一种趣味的堕落，但是，可以说罗马文化已经走到人对假面的生活已腻烦的地步。人的赤诚的心，在日常生活中生存的时代，比如在古代希腊，戏剧演员都是戴着假面具的。

然而今天，我们认为是美好的东西里，都有危险的性质。如果满足于温和的、优美的、典雅的美的话，那么就无法超越它。不过，因此而感到满足的人，可以说在某些方面是具有落伍者的素质的。那天晚上，石原慎太郎还是来观看了比赛，他一个劲地赞美在休息室的厕所内那白色陶器便池里撒满了选手吐血的痕迹之美。不过，当时他没有使用“美”这个词，但我明白他感到那景象是一种美。

如果我继续用这种论法议论下去的话，那么很可能就会变成虽然极力主张和平，但却又肯定残酷的战争中也有异样的美。

1966 年 6 月

青春的倦怠

一　什么是倦怠

所谓倦怠是非常奢侈的东西。首先，我现在没有闲工夫拥有倦怠。因为每天得忙于工作，忙于奔波生活。再说，社会上有百分之九十九的人不可能拥有倦怠。而且想要咀嚼真正的倦怠意味，得花费很多金钱。为什么呢？因为随着没钱而来的无可奈何和被逼得走投无路的心境，同倦怠相距甚远。

在人们常说的青春的倦怠里，虽然也有人把没钱去看电影而无所事事地待在简易公寓的二楼上的情景称为青春的倦怠。但这能不能说是倦怠还是一个疑问。其实，所谓真正的倦怠，是五侯贵族的专利，只有这些人才懂得倦怠的真正可怕。在简易公寓的二楼上恍恍惚惚的人，既苦于处置自身，又难于对付青春，在时而忧郁时而开朗的状态中，打发着无所作为的日子，这样他还是一无所获。而倦怠，则是拥有一切的人，在他们完全派不上用场的时候，才感受到的东西。王尔德曾说过："人世间有两类不幸，即一无所获的不幸和整个拥有某种东西的不幸。后者更为不幸。"这后者更为不幸的不幸，就是倦怠。

然而，所谓青春就是尚未获得某种东西的状态，就是渴望的状态，憧憬的状态，也是具有可能性的状态。他们眼前展现着人生广袤的原野和恐惧，尽管他们还一无所有，但他们偶尔也能在幻想中具有一种拥有一切的感觉。把这种感觉同上述倦怠的定义两相对照，就会明白所谓青春的倦怠，是语言本身的矛盾。实际上，青春是不可能有倦怠的，而且倦怠这种感情同青春的意味是相反的。

二　青春的孤独

尽管如此，可人们为什么要使用青春的倦怠这样的语言呢？因为它是一种带点俏皮，又有点忧虑，就是说是忧郁症的，却又带有某种甜美感觉的语言。

人们常在公园的长椅子上或在街口处，看见挂着一副副寂寞面孔的青年男女的身影。虽说是男女，却各不相干。他们至少在成对的情侣漫步时，脸上露出奕奕的神采。然而一旦孤独，他们脸上旋即浮现出倦怠的神色。这种神色，其实不是倦怠，而是青春非常迅速的脚步同孤独互不妥协才产生的。

毋宁说，我更想谈谈有关青春的孤独问题。为什么呢？因为没有什么比青春更能强烈地感受到孤独，也没有什么比青春更能与孤独和睦共处。青春在一个个瞬间体味着孤独，并且眼看着行将从孤独中摆脱出来时，顷刻间又消失，复陷入孤独。青春不是孤独的状态，就是说人既不能充分享受相互亲密、和睦共处、安逸地圆满地共同生活，也不能习惯于这种状态。乍看酷似倦怠的那种孤独，就在那里出现了。我们所称的孤独，是指在这种精神性的共同生活中所产生的、那种惟独自己行将被埋葬掉的感觉。但同时，也是处在这样一种状态，即在这种精神的共同体里，比别人会有更多的憧憬。年轻人对这种状态比别人抱有更强烈的憧憬。在憧憬之余，又不满足于这种憧憬。

让我们假设在这里有一个少女吧。这个少女确信自己不能爱别人。她真的是不能爱任何人。她偶尔也同男性朋友散步，去看电影，去跳舞。然而，当这位男性朋友向她表示爱时，她自己的那份爱情却旋即冷却，并且觉得他仿佛是个充满可恨的欲望的怪物，她的幻想立即幻灭，反而变得讨厌他了。于是，她立即回到孤独的状态，在孤独中咀嚼类似倦怠的东西。她一无所获，却还在体味着倦怠。正确地说，是在体味着像是倦怠的东西。

她对人生抱有一种恐惧。这种恐惧使她只想把自己封闭起来。这种自我封闭的心情，同试图深入封闭状态中并勇往直前的心情之间的矛盾，总是使她陷入孤独，并且成为她总是嘟囔着人生真没意思那句口头禅的根本原因。这时候，她会将自己与人生之间拉开某种模糊的距离，试图在其间能够心安理得地获得休息。她会说："寂寞啊！真寂寞！"她知道一旦有了爱，就不会感到寂寞了。但是，她没能找到爱的对象。于是，又不由得说："寂寞啊！真寂寞！"最终又将自我封闭了起来。

她仰望着春天的苍穹、白云，凝视着翠绿的树林。然而，这些景象都没能给她带来任何喜悦，她仿佛在拒绝自己。于是，她自己既不前进，也不后退，宛如处在悬空的状态，变得朦胧了。她心想：如果自己能变成整个不存在就好了。可是，自己又没有足够的勇气自杀。她想：假如自己能原封不动地变成一缕烟云消失得无影无踪就好了。可是，自己怎么也难以消失。她仿佛在施展隐身法……她带着这种心境，茫然呆坐在窗边。于是，春天渐渐过去，她把这种情景称为青春的倦怠。然而，这究竟包含着什么意思呢？

三　充实孤独的方法

在人生的道路上，往往遇到许多这样的情况：最爱装诚实的人，其实是最狡猾的。看似最狡猾的人，实际上在工作中却是最诚实的。这是我们走上社会学到的惊异事物之一。

学生时代，学生还不是社会人，因此学生时代也是只顾滥用诚实的时代。于是，最懒惰的人和最狡猾的人，会滥用诚实而不被人识破就混过去了。

我们经常遇见挂着一副诚实面孔的少女和青年，他们着实认真地对待人生，不能宽恕丝毫的罪恶，也不能容忍一点污垢。他们憎恨所谓的成年人，弹劾成年人的肮脏行径。尽管如此，大人们都在从事某项工作，而他们则还没有工作。也就是说，他们还处在青春的倦怠状态。我想说的，是这种倦怠对于人生虽显得很真挚，但实际上在很多情况下，却是一种狡猾的自我辩护。这是一种不使自己受到伤害的自我维护。于是，作为充实这种倦怠和孤独的方法，人们就读书。

且说，问题是读书的方法。我仔细地回顾了自己青春时代的读书情况，那是我从未有过的，为了自我辩护而读书的时代。换句话说，也没有哪个时代像彼时的读书是那样地有助于我的人生，那样地易于掌握。大多数年轻人读书的情况是，缺乏客观性地读书，无批判地读书，为了自己只抽出自己喜欢的书来读，自己先做结论，甚或只取出迎合结论的书来读。表面上看，这种读书似是一心为了探索自己所不懂的东西，而实际上从结果来说，很多都是如上所述的读书。我们小说家知道如何从商业角度去施展手段来迎合这样的读者。

可悲的是，只为迎合这样的读者而写作的小说家，也并非没有。

但是，我并不是说这样的读书全都是负面的。在为了充实青春的所谓倦怠，为了自我辩护而读书的过程中，宛如沙里淘金留下沙金一样，最后总是会有一点好东西留在自己身上的，这种情况也是为数不少的。这就像读书，最后意想不到地触碰到核心的东西。这个核心的东西，最后会向读书人说声“不”。在最后的瞬间说声“不”，这是违背读书人为自我辩护而读书的初衷的。在真正一流的读物中，洋溢着这种“不”的力量。而且这种力量威胁着他们，把他们从先前心安理得的状态中驱逐出去，并促使他们腾飞起来。那里就有读书的不可思议的效果。没有遇上这样一流读物的人，只能说是他的真正的不幸。

我已举出一个读书的例子，不过，青春是那么难以捉摸，为了抚慰不知如何消遣才好的心情，人们或许会去看电影。电影会把人生截断达一个半小时之久，让你沉湎在各式各样的梦中，沉浸在多姿多彩的幻想里。结果，电影有时还会使人产生一种错觉，以为电影仿佛就是一种现实。当然，电影将会利用这种错觉。它帮助人们消磨时光，使人们最轻松地自动地消遣。我认识的一个年轻人，一周之内竟到处看了 10 部电影。他们只是像躺在床上张口等人来给喂药的病人那样，简直是主动接受别人酌量发给的某些东西。然而，这样做即使能够消磨时光，却丝毫也不能排遣他们原本所说的倦怠或孤独。他们越发感到孤独，最后，剩下的就是一些无法清理的陈腐的渣滓。

前面我说过，人生的真挚生活方式，立志诚实，在这种感情中潜伏着青春的某种狡猾。但是，我认为人这种动物，从孩提起直至老迈，在各个年龄层里都顽固地具有各自层面的狡诈。孩子有孩子的可怕的狡猾劲，就连疯子也有疯子的狡黠。还有老人也有老人的圆滑，中年男人更有他们出了名的奸诈。48 岁人有 48 岁人的狡猾。这又怎能惟独要求青春不能拥有自己的狡猾呢？如此看来，所谓狡猾，也可以说是人类为了求生存而不得不采取的一种自我保护的方法。

但我想说的是，至少那些诚实的青年男女在青春时代的狡猾，实际上是以一种逆反的形式表现出来的。就是说，他们出于自我保护的要求，必须戴上假面具，以显得自己着实是个诚实的人，自己绝对是诚实的。于是，就要让那些不过是来自对人生的恐惧的东西，拥有恰似真挚地探索人生似的影子。然而真正的诚实，并不是这种东西。真正的诚实，是不宽容自己的狡猾的。并且不断怀疑自己究竟是不是诚实。可是，青春时代并不怀疑自己的狡猾，并希望自己始终都是纯洁而诚实的。因此毋宁说，那不是青春的诚实。也可以说，那是对青春的诚实的憧憬吧。

那么，它同先前所说的倦怠有什么关系呢？我想说的，是要用探索人生的做法，指明在他们毫无道理的议论、随便胡乱的读书、被疯狂般的行动所驱使的种种作为中，潜藏着试图摆脱孤独而手足无措的盲目行动。

四　怎样克服倦怠

昔日尼采曾就希腊古代的厌世主义作过论述，它是就有关阿提卡地方的抒情诗中屡屡出现的所谓阿提卡的忧愁所作的说明。尼采将阿提卡的忧愁阐释为：这是由至今依然处在朝气蓬勃的青春时代的希腊民族的丰盈本身所产生的一种苦恼。尼采说明它虽然是一种厌世主义、悲观主义，但却是强有力的悲观主义。尼采是在说：丰盈和丰饶本身会产生一种苦恼、悲观主义和厌世主义的。总之，可以认为我们所说的青春的倦怠、忧愁和厌世主义，就是由这种强有力的悲观主义、丰饶本身产生的一种苦恼。这就是同我们前面所说的拥有一切者那种可怕的倦怠有所区别的缘故。

在这里，实际上就成立了一个简单的计算公式。就是说，这里的不平衡是由肉体能量的过剩所产生的不平衡，是精神的未完成与肉体的已完成之间的不平衡。缘此，只需稍许扣除多余的一方，以补足增加少的一方，就可以取得平衡。体育运动与精神行动是青春的同义语，其道理就在于此。总之，要消耗过剩的东西，把过剩的东西消耗尽，才是最符合青春的生理要求。如果让某些过剩的东西原封不动不加处理的话，那么过剩的能量就会反过来压倒精神，促使精神发达不起来。就像梅树开花必须剪枝一样，青春为了自我调节，为了使自己的精神能够得到充分的发挥，就有必要通过体育运动或其他活动来消耗尽自己的能量。当人的肉体受到残酷使用时，人就会有一种不可思议的感觉，即这种酷使实际上会给人带来某种爽朗的喜悦，同时也会使人精神焕发。总之，喜欢深入思考问题的人需要到户外去四处走走。但是，只顾四处走走，进行体育运动，全然不运用精神，也是一种畸形。通过体育运动消耗过剩的能量，随后在愉快的疲劳中思考问题，这才能取得平衡。于是，思考才变得正常，精神本身也就不为过剩的东西所烦恼，而能清澈地发挥作用。另外，如果肉体获胜而变得过剩，那就有必要尽量运动以消耗体力，使它转换到精神上来。

归根结底，我认为青春的种种问题，都是出自精神与肉体的不平衡。人们将逐渐察觉到乍看知性离奇地发达的人，绝不是使精神本身发达的。为什么呢？因为精神这种东西，在受到肉体压迫期间，是不可能充分发挥作用的。即使人们试图单凭精神的力量去解释、压迫或完美地分析肉体，这在青春时代是不可能办到的。这样说，绝不言过其实。到了完全能够做到这一点的人，就可以称为成人了。

1957 年 6 月

违背美的东西

这次旅行，我对“美”不再期待什么。旅行者对于被解释的诸多的美，如风景、美术馆、建筑、名山、大川、有名的湖泊、剧场、诱惑眼睛的瞬间的美，是很容易感到腻烦的。出发前，我有个梦想，是一种不逞的梦想，但愿我能够遭遇到这样一种东西，设法邂逅世上最丑陋的东西，不具备任何“丑陋的美”而一味要反捋美的感觉那样的东西。

然而，再没有比人简单地说什么美意识、什么美的感觉这类东西更难以规定的东西了。美的尺度标准，并不是到处都有的。既然没有绝对的美，无疑也就没有绝对的丑。这是尽人皆知的事。

我们的美意识受到历史和各种体系的维护，变成相当精妙的东西，这是确实的。在这个基础上再装进新的知识，使它丰富、增多、扩大，因此在一个人的审美判断能力中，从根深蒂固的肉欲到肤浅的新知识的广大领域，都得以扩展。期待着为新的美感到震惊的，当然是这种鱼龙混杂似的美意识的卫生学，是自己革新的要求。但是，新的领土很快就会被吞并。令人不快的龃龉感立即就会被完全忘却，这又会成为一种清澄的美。它不久又会被人所腻烦。这是一种经过颇似性爱的规律，大概是因为我们感到自己所拥有的美意识像一种机械装置的缘故吧。这种机械装置精妙地在运转着恰似脑髓组织那样，甚至能磨炼到可以随机应变，可以适应对象作出一切反应，尽管如此，我们还嫌不足。于是，不得不对美意识的机械装置设定另一种运转完全相反的精妙的机械装置。这是什么东西呢？这种东西拥有的尺度，是永远不符合我们所提出的几千个尺度标准的，永远背离我们的美的观点，任何细节都能巧妙地避开美，永远保持着新鲜的丑这样的存在物……如果说有这种东西的话，那么它究竟是什么东西呢？

这种无意味的思绪，久久地折磨着我闲散的头脑。如果想在这里创造出这种东西的话，那么脑子里无疑是会浮现出其示意图来的。它是历史上所有模式的堕落形态的混合物，甚至是令人不快的现实。应该说，是彻底缺乏独创性的东西。成型了的这种东西无论如何也容易变成模仿的作品。当美要创造出与其相反的东西时，无论如何也容易依靠批评的契机，不管你愿不愿意，批评势必产生出另外一种美来。这样，我们就必须提高警惕去排除上述的批评，那种完全相反的机械装置不可避免地会产生新的生产性。而且，如果美抛弃了批评，就会非常寂寞，不过这又是一种化作“老一套的美”。

由于这个缘故，可以说世界旅行是一种美的泛滥，就像打赤脚在美的泥泞中行走一样，完全被埋没在美中直到失败。因为在这个世界里，无一不是美的东西。某些见地，乃至偏见制造了美。这种美产生许多眷属，形成类缘关系。而且，怎样才能不掉进美的陷阱里呢？对于许多艺术家来说，这个课题是相当容易理解的。他们认为只顾往前就行。并且一个不留地，终于都掉进了陷阱里。美就像鳄鱼那样张大着嘴，等待着下一个饵食掉下来。然后，人们又以教养体验的名义，慢慢地咀嚼它的残渣。

在某些国家、某些地方，从历史的深渊中浮现出阴暗的丑陋的脸，这张脸嘲笑所有的美，难道永远就不会有精妙地违背美的机械装置吗？我悄悄地期待着这种事态的发生，便作了先前的那次旅行，我看到墨西哥的玛雅文化的金字塔时，看到海地的伏都教时，都觉得我所看到的东西就只存在美。

美利坚合众国一切都很美。我佩服的是，到处都受极度的商业主义的支配，却没有卖笑的美。比起它来，意大利的威尼斯则有掉了牙的衰老不堪的娼妇，身着花边破烂不堪的衣裳，被潮湿的毒气所浸泡的景象。最好的例子是加利福尼亚州的迪士尼乐园。这里的色彩、意匠，没有一点招徕观光客的包装，而是充满高尚趣味的均衡的商业美术的气派，它对任何感受性都能够坦率地包容。美国的商业美术，对超现实主义和抽象主义包裹着口感多么美好的糖衣啊！在大杂志的广告栏上能够大量地看到这种好例子。这样，令人感到现代美的普遍样式，是活在整个社会生活里的。在全世界也许只有美国拥有足以称得上是活生生的模式，只有美国拥有商业美术。邮购是对模式的普及与传播的贡献，不管人们把不把它叫做划一主义，但它在美国庞大的中产阶级里是行得通的，那种柔和的、舒适的、冷得适度的色彩和意匠的美的模式，甚至在家具和厨房设计上扩展开来。而只有有钱阶级才能够用显得脏兮兮的怪诞的古董来装饰室内。从喷气机到电冰箱的机能主义的设计，能够令人感到其模式真是适得其所的，恐怕也只有美国吧。在巴黎，那些仿造巴洛克建筑物的昏暗的厨房，摆放着一个洁白的电冰箱，其陈设恰似日本旧式的厨房。

在美国，实际上不存在违背美的东西。这是美国的特色，不论走到哪儿，都能适度地唤起我们的感觉，适度地让我们睡眠。打开旅馆的窗扉，在映入眼帘的东西里，没有一件东西是令旅客感到不快和丑恶而颤抖的。也可以说，纽约街道的噪声多少有点像喧闹的八音盒。在美国，连可怕的“庸俗恶劣劲儿”也已经没有了。

摩天楼很美，早已是我们祖父辈传承下来的感觉。可是，现在新建筑层出不穷，更加机能性的现代摩天楼（比如西格拉姆大厦），其高度近似旧摩天楼，显出它精彩地覆盖了与之相距不远的旧摩天楼的样式差。在这里的样式差不是个问题，从下往上看，人的视野有一种威压感，在给人一种简直酷似的“压倒性”美感方面是很成功的。巨大这种东西，总是超越样式的。只要到罗马去，就可以很清楚地看到这种古代的例证。然而，巨大的容积那种单纯的几何学的形态，在我们心中已经唤醒不了任何样式感，它只能成为在那里存在着的招引人的建造物，这就是开罗的金字塔。其实，我觉得开罗的金字塔，本来是具有最顽固地违背美的性质的，但作为观光客的风物诗的美意识，毋庸置疑地，把它完全化为“美”。这是多亏了它四周的沙漠、骆驼和椰林的恩惠……如果它位于纽约第五号街的正中，它就可能会拥有这样力量：它会变成距美多么遥远的东西，威胁着周围的纽约的美，使它们变得苍白，使它们战栗，使它们自惭形秽！

在美的领域里，已经不存在“使资产阶级感到震惊”的东西。超现实主义成为古老的神话，抽象主义完全成为当然的样式。不久，抽象主义也可能变成像哥特式在中世纪所意味的东西一样，仅此而已。即使在模特儿身上涂抹颜料然后在画布上滚转，也很可悲啊！结果是当然的，美被预定在画布上。我们已经不能像威廉·布莱克〔威廉·布莱克（1757—1827），英国诗人、水彩画家、版画家。主要作品有：《天真之歌》《天堂与地狱的婚姻》等〕所描绘的物质主义的代表者《建造金字塔的人》的肖像画那样丑陋，连骨髓都冒犯美。因为我们生活在没有拒绝、憎恶和斗争的美好的“民主主义的时代”。而且承蒙近代教养主义的恩惠，使得我们对历史上的任何珍奇的美的样式，都能够以宽容的态度去接触。

香港——其实，我此刻就在异样的、令人战栗的城市的正中，不过，我觉得这里仿佛是我长期以来到处寻找，终于好不容易才邂逅似的。

迄今我未曾见过这样的东西。勉强搜寻记忆，幼年时代见过的招魂社那表演节目的广告画，也许能够牵强地同它匹敌吧。那色彩丰富的丑陋，恐怕是难以用语言表达出来的，它的名字叫做虎牌万金油花园。

虎牌万金油是止咳的感冒药的名字，是胡文虎先生所创制的。胡先生取了自己的名字做招牌，靠这种药他赚得百万财富，他投下 10 亿元私财，建立了这个庭园。他又是有名的博爱主义慈善家，除了以巨额捐款扶助生活无着者的社会事业之外，还特意开放这个庭园，让大众免费入园娱乐，同时根据庭园的装饰物，处处垂训，劝善惩恶。该庭园兴建于 1935 年。

虎标名牌万金油
居家旅行好良药
救急扶危功效好
宏大风行全世界

这是虎牌万金油的广告，下面用英文写着：“世界上哪里还能看到超过香港虎牌万金油花园所展现的东方美的典型风景呢？”

这是花园的广告。至少这个花园是在追求美，这是一目了然的。

在这里，我发现即使动机并不是那么单纯，但是意图和方法论却十分酷似中国版的埃利森·波的《阿伦海姆的地产》的主人公。埃利森说：

“根据我在前面已叙述过，你可能早已明白我的想法，我反对使乡村的自然回归原样。因为原来的自然美，毕竟比不上经过新加工的美。”

他又说：

“我虽然渴望平稳，但我不希望孤独的忧郁……因此在距繁华的都市不太远的地方，或者在都市的近郊实行我的计划，这是最合适的吧。”

他还说了一句尤其重要的话：

“从一贯的角度看来，最忌讳的是广阔的庄严，就是在宽广当中，远景也是最坏的。这是同隐遁的感情不相容的东西。从山顶上眺望四方，我们不能不感到仿佛来到了广阔的世界。心病患者害怕远景犹如害怕病疫。”

虎牌万金油花园屹立在香港岛中央的山崖的斜坡上。这个占地面积达 32376 平方米，净是钢筋水泥和石头的庭园，它的结构造成不断地挡住远眺的视界，几乎与远景无缘。这样，我首先必须给读者介绍这座奇怪的庭园。这座着实奇怪且丑恶，像吸鸦片者的梦一般的怪诞的庭园，虽然有建造成同埃利森一样美的意图，但却是巧妙地背叛了美，达到了无以复加的地步。

门口，是一座又矮又宽的白色楼门，门柱子涂朱红色，敞开两扇银色的门扉。两头水泥造的白象奉侍左右，此外虽然没有一一预告是水泥造的，但是，园内的所有奇工都是水泥造的，而且在其上面涂上了彩色。门匾额上写着“虎豹别墅”的楼门屋顶铺着绿瓦，绿瓦上有对相互吼叫的虎豹。门楼的二楼上，立着一尊洁白得令人毛骨悚然的裸身坐佛，面朝里首，到处都重复着令人毛骨悚然的肉感性。

从那里再爬上漫长的斜坡，便看见左边的游人不能进入的三层建筑宅邸的庭院，白象蹲坐着的阳台上，立着一对水泥造的警官，手里托着上了刺刀的步枪。青铜制的鹿在戏耍，庭院里的灌木修整成偶人形状，上面挂着陶制老翁的头像。在几何学式构图的小路上，排列着一盆盆白菊花，一直引向土陶器的小亭。

爬到斜坡的尽头，正面是极彩色的悬崖，水泥造的南画式的凹凸造型，有龙、凤凰、狮子、仙鹤，浪尖的岩石上有装腔作势的鹫等，神态像是在熙攘着什么。悬崖的中段设置了好几个小亭，悬崖的下段有许多不规则的岩石架子，这些架子上摆放着世上珍奇的、枝丫弯曲的盆景。右边建有缺乏诗意的车库，内里停泊着五六辆车，走廊上镶着带有竹子、松树、鹦鹉等图案的烧色玻璃，走廊一直延伸到水位低的池子的方向。

从坐落在刚才爬上来的漫长斜坡右边的这个池子处，游人再登上台阶，来到了人们所喜爱的虎牌万金油花园的奇景处。

这里类似洁白钟乳洞的奇异的悬崖，内部有复杂的迷宫般的路，看到工匠们在油漆快剥落的地方，涂上了白油漆，整个花园色彩鲜艳，宛如昨日刚建成似的。那悬崖上有三座形状各异的佛堂，一座佛堂里立着三尊背靠背的佛像，嘴唇和指甲是鲜红色的，衣裳的皱襞涂着金黄色。绕着迷宫般的路走下去，途中的洞穴里盘踞着黄龙、河马、犀牛等仿造品，它们张开着鲜红的口。人们上上下下，似无止境，最终到达了顶端。这里耸立着成为庭园中心的虎塔。

虎塔是一座 165 英尺高的六层楼，这是一座花了 6300 万元建造的铺着白色大理石的塔。除了星期日和节假日以外，内部的台阶是禁止攀登的。

虎塔后面的悬崖上，建有钢筋水泥造的动物园，园内有斑马、袋鼠、鸳鸯、白鹤、山羊、非洲产大猩猩等，在这些动物彼此撕斗之间，一条可怕的恐龙突然抬起头来。还可以看到以《黑白争巢战》为题的黑鼠和白鼠群撕斗的场面。白鼠司令官高举带有“令”字的红旗，戴着绿色的头盔，还有提着红十字包的老鼠群，用担架运送着伤员。在那旁边另有一群意思不明的猪，做成偶人的模样。小猪被按在切肉墩子上被宰割四肢，在流淌着逼真的血。挂着漂亮围裙的身穿白衣的巨大母猪，正在美味可口似的啃着那小猪腿。

虎牌万金油花园的客人，一边在弯弯曲曲的路上行走，一边寻思着下一个会是什么样的风景展现在自己的眼前。这是绝对预想不到的。

下一个是只身穿一件黄衣的六祖像，传说他忍受了 24 年的绝食。我们可以看到这位古代佛僧的黄色胸膛上，凸现出所有的青筋来。其次是地狱极乐图，诚然是怪诞的极致。图中有群神捧着神桃，有骑着龙马的神将，还有仙女等的足下，隔着彩云，展现出一幅地狱光景，有火筒狱、石压狱、刀树狱、剜目狱、污血池、铜碓狱等不吉利的囚犯的形象，大量使用鲜血色的油漆，用阴惨的现实主义手法描绘出来。另一方面，这个庭园也没有忘却童话式的趣旨，阴府的刑车和大书特书的近代式汽车满载着囚犯驶过来。

庭园的特色之一，就是它不同于任何其他游园，一切都是静止的。胡文虎先生似乎不喜欢电动。胡先生的庭园，一切都是永恒不朽的。它用钢筋水泥固化起来，所有激动的瞬间都是在死一般的不动之中，沐浴着尘埃，老虎永远在吼叫，囚犯永远在呻吟，在这种不可思议的不朽的死的动静里，似乎存在着胡先生的美学与经济学的结合。

在透过松林缝隙洒落的夕阳余晖的照耀下，这座高高地耸立在山顶上的红彤彤的宝塔闪闪发光。这里有不知厌烦的战斗的偶人，有清帝出巡的行列的偶人，他们所奔赴的地方，竟奇妙地形成阴翳，有寂寞的华清池，在龙盘的圆柱后面有绿色仙女图的浮雕屏风，在屏风后面有双手擎举着粉红色布面的侍女，她们团团围住容貌有点痴呆的杨贵妃，她百无聊赖地在沐浴着。

杨贵妃、马戏团的妇女们、西洋式摔跤的妇女们……虎牌万金油花园中的裸体妇女们，的确很醒目。这是涂上胡粉白色颜料制作的洁白水泥的裸体。嘴唇呈鲜艳的红色，只想执拗地表现肉体的存在。人们也许不会想象到有如此程度的猥亵的裸体吧。为什么呢？因为这种制造法，让我们情不自禁地带着不安的心情，去观望那些隐藏在令人讨厌的胡粉白色颜料后面的水泥——曲线的体形、隆起的乳房和娇柔的腹部、不断维持着的肉感性。这种心情几乎类似奸尸的心情，蒙在裸像身上各个角落的尘埃，恰似它肉体的影子，与其说它不时掉落，不如说像是污秽肉体崩溃的预兆，为了悖逆这种冷冰冰的感觉，人们即使不情愿，也不能不唤起肉欲。也许可以说，这就是制造者的意图。这是同任何哲学、诗歌、精神都无缘的裸体，只能在邪恶的情欲中抚慰它。我怀疑，基本上是个慈善家的胡文虎先生，是否在这一个一个的裸像里嵌入了活着的女人呢。

马戏团的偶人们像打靶场的偶人那样，排成三层。男子系着红围巾穿着黄短裤，双手交抱，胸前佩戴着蔷薇花绸，头上顶着仿仙鹤造型的东西，手戴粉红色手套的女子坐在交抱着的双手上。女子身穿桃红色紧身衣，还缠着一串串葡萄，头戴插着羽毛的帽子，用指尖支撑着倒立在弯腰的男子的背上。在第二层上，许多裸女在跳舞，不过她们的脸都是蜥蜴、狼、兔和鸟。背着龟甲壳的女子，同有蜥蜴尾巴的男子在跳舞。最上面的一层，是以各自所好的姿态而坐的各国的全裸女子。舞台的左边，司仪站在鸱枭、猴子、兔子、猪、山羊等组成的乐队的前面，手拿扩音器在装腔作势。

女的西洋式摔跤。这些撕斗着的裸体女偶人始终张着红色的大嘴。她们戴着鲜艳的乳罩，有蓝、桃红和黄色的……

巨大的黄色布袋佛始终保持着妖艳的哄笑姿态，还有那碧蓝的背景。形成船形的亭子下方，巨浪拍击着一大片悬崖，60只土黄色的海驴群，有的在戏耍，有的在捕鱼。在七彩的玉带桥下，有光露出脊背的大鳄鱼、大螃蟹、在河面的莲花叶上睡觉的白兔、大龟、大蛇……

虎牌万金油花园充满了这样一派奇异的光景，我们还没有把它全部看完。

这个庭园里，虽然有些东西令人作呕，不过，来访的游客谁都会发现这主要是依靠奇妙的孩子般的幻想和残酷的现实性相结合的结果吧。中国向来的色彩感觉着实是活脱脱而健康的，丝毫没有衰弱的成分，据我所看到的都是原色在争艳斗丽。如此露骨地夸张的色彩和形态的庸俗性，正是实业家生活愉悦的极致的表现。胡先生一方面装得奔放不羁，一方面也成就了这个国家向来的坏趣味之集大成。

中国人长期以来世俗的空想，与世间的实用精神相结合，如此大胆地实现了在所谓美之上溅上泥巴似的庭园，这是人们所想象不到的大事。到处都是水泥的仿造物品，甚至连细微的部分都精妙地违背美。幻想被带上了朴素的现实性的枷锁，随心所欲地任意妄为，就会产生如此与美背道而驰的东西，这是个很好的例子。

为什么正在跳舞的裸妇的头就必须是蜥蜴呢？这种因果巧

妙的构思，并不是空想的游戏。到处都可以看到对美的精妙的恶意在起作用。这座庭园中最童话式的部分，也是由于这种恶意弄得乌黑而污秽。而且，它不是一个抽象的世界，它的那种怪诞绝不升华成抽象，不合理的人类存在，绝不可能到达理性澄明的境界。绝不可能超越现实，野兽的咆哮，人类的呻吟，猥亵的裸体，都固化在水泥的形态里，让身体舒适地潜藏在现实中。而且，在这里没有可怕的混沌的胜利。因此可以说，混沌的美被有意识地避开了。人们遍历了从一个片断到另一个片断，从一种卑俗到另一种卑俗，终于没有遇上任何的统一，也没有遇到任何的混沌。它们任凭历史和传说去摘取各自的形象。不过，在这里丝毫也感受不到历史的影子，只有新的油漆在闪闪发光。于是，人们在这梦魇般的现实里，甚至没有遇见过一个称得上是人脸的人。

1961 年 4 月

文学上的硬派——日本文学的男性原理

现今已经变成死语的语言里，还有“硬派”“软派”这种对称的词组。昔日，同样是不良的少年中，属于硬派这号的，既拥有大义名分，还有本事。硬派政治蔑视软派，而软派则是追求异性专家。在文学里也有称为“软文学”的小说，这是撰写软派的不良少年的习惯。这种流派为数过多的结果，到了最近，开始出现“恢复硬派文学”的呼声，这也是不无道理的。

眼下，我之所以道出这件事，是同代表老一代日本人的尾崎士郎氏之死，另一方面林房雄氏开始执笔写《大东亚战争肯定论》之类的事有关系。我并无意急于给这两人的文学规定为硬派文学，不过，他们却给了我考察有关硬派的契机。

在规定硬派文学的概念之前，毋宁说需要重新考虑过去众所周知的风俗“硬派”这种人的心理状态，考虑他们对文学的适用范围。也许这多少带点开玩笑的成分，不过，我认为这是有实效的做法。

所谓硬派究竟是什么呢？

首先，它是藏青地碎白花纹的纺织品、是高齿木屐、是青春、是暴力、是单纯朴素、是反社会、是小集团的等级制度、是民族主义。

再说，在那里感情上的东西代替了恋爱，可以认为政治是代表。在东方式的政治概念里，作为男性的理想以及男性的人际关系的样板，有政治，联系着这种理想和人际关系的纽带是情绪主义。所谓侠客成为男子汉，指的就是他亲身体现了侠客感情上的政治概念。归根结底，这种情况与恋爱的不同，就在于它与恋爱的罗曼蒂克的个性主张不同，政治的情绪是要让自己顺从既成的理想型的带有感情的行动，因此硬派只要不错误地陷入软派性的堕落，就绝不会吃自我崩溃的苦头。

其次，硬派夸张了男性的表象，不过这种男性原理的中心，是情绪和力量组成的政治，理论的知性的政治概念，可以说是作为无性的东西，而异性爱的情念是作为女性的东西而受到排斥的。

再次，辩护主动自暴自弃的力量，是从保守主义和民族的基础进行的。它意识到把正义当作发现盲目的力量，因此硬派对有关自己的行动，没有罪恶意识。而且，硬派偶尔同政治上的进步主义相结合时，甚至呈现日本独特的奇观。不过，其基本情感是同一类型的。

……

我极粗略地列举了上述的一些特色，如果尝试着将这些要素向文学方面类推，就会呈现出一种意想不到的展望。

过去硬派所持那样的政治概念也潜藏在无产阶级文学里，它排斥理论的知性的东西，又是私小说的基础。经过砚友社〔砚友社，以尾崎红叶、山田美妙为代表的拟古典派的文学团体，建立于1885年。它追求纯客观的暴露、生活享乐的情趣和纯技巧性〕，又经过自然主义，决定我们的近代小说为数众多的“软派的东西”，今天我们熟练到几乎要呕吐的程度，不过几乎没有发现近代文学史上忽隐忽现的“硬派的东西”的潮流。毋宁说，在这点上，尾崎氏和林氏作为近代日本人，是罕见的有目的意识的作家。

以政治代替恋爱，并让它代表文学的情绪性的东西，这种做法在某些战后文学的作家中，比如堀田善卫等的表现是很明显的，他如果更是硬派的，抛弃知性的理论的修饰的话，那么他可能会产生纯度更高的文学吧。太宰治氏把硬派的情绪误用为软派的，结果吃到了自我崩溃的苦头。

实际上，在现代文学里，这样的例子是不胜枚举的。田中英光氏在辩护主动自暴自弃的力量方面，没能借助于民族的基础。石原慎太郎氏把自信的男性原理，误用到性爱的领域中就丧失了一贯性。阿部知二氏死抱住理论的知性的概念，在文学上就丧失了性……从如上所述诸多的“硬派的东西”的误用之失败（其最大的悲剧是横光利一氏）看来，谷崎润一郎氏、川端康成氏这二位软派大家获得赫赫的成功，不禁让人感到仿佛现在才发觉日本文学传统中的女性式的优雅似的。

但是，有趣的是，硬派和软派有一个共同点，那就是日本人对理论的知性的东西始终不渝的不信之念。乍看志贺直哉氏的文学之所以像是硬派的（其实再没有比他的文学距离硬派更遥远的了），乃是由于这种外来的反理智主义的彻底性的缘故。

为了打破现代文学陷入僵硬的局面，我认为有必要履行一种手续，那就是反省和发掘自己体内的硬派的因素。但是硬派是硬派（至少在一部作品里），必须始终一贯。再没有比脱离硬派的一种要素的误用，尤其是那种无意识的误用更危险的了。这在上述诸例中已洞若观火了吧。

1964 年 5 月

室町的美学——金阁寺

室町，指日本室町时代（1336—1573），即足利氏掌握政权的时代。

我撰写《金阁寺》时，曾去京都进行采访，遭到金阁寺的拒绝面谈和采访，只好停留在观察情景上。但承蒙妙心寺——妙心寺与金阁寺虽然同样是临济宗，但却是异派——的盛情厚意，我得以在灵云院泊了一宿，了解僧侣的生活。

在那里，我有生以来头一回亲自目睹禅寺的生活。不过，我着手撰写小说《金阁寺》，不是由于我研究了禅宗而对这个题材产生兴趣，而是由于对这个题材及其人物心理抱有兴趣，才不得不研究其背景的禅宗。其实，也谈不上研究，只是肤浅的采访罢了。

但是，每当想起灵云院的热情款待，真是不胜感谢之至。至今依然难以忘怀的，是用松木烧的米饭，那米饭的芬芳美味，是我有生以来未曾吃过的。

至于坐禅，由于腿痛，我敬而远之。我只请他们让我观察年轻僧侣的一般生活，发现在这些僧侣中，有相当多上了年纪的，结婚生活破灭而得了神经官能症的患者，到这里来见习一个月后，就能心情为之一变。京都人把禅寺当作精神卫生上的疗养所，让我感到高兴。

也可能有这种胆大包天的人，只凭歇一宿就想写禅寺的生活。不过，据说左拉为了撰写《娜娜》，只同歌剧院的女演员共进过一次餐。

我曾走访过主人公故乡附近的舞鹤一带，那一带北方海岸的荒凉景色，深深地刻印在我心里，我把它当作主人公决意纵火的重要的心象风景而加以使用了。

由于上述情况，我没有叙述金阁寺本身的材料，这是很遗憾的。不过，金阁寺周边环境，我倒是完全感受到了，并作了采访笔记。根据某氏提供的详细资料，我还到处实地寻访了模特儿青年的生活足迹。另外，还把在生活上成熟的宽泛的东西，就是说可以作为小说的小故事插入而不至于成为不自然的东西，比如地点、背景等，都精心地作了采访笔记。某佛教大学的速写笔记，就是其中之一。

作为一个金阁寺的参观者，但凡能参观的地方我都参观了，凡能进去的地方我也都进去了。估计会写到的地方，我都一无遗漏地采集，作了笔记。从这个意义上说，我的采访颇似采集植物和采集昆虫标本。

我下榻在南禅寺附近的旅馆里，买来轻量级杠铃，在古老的廊檐下练举杠铃。刻苦勤奋，即使生病，即使粉身碎骨，也在所不辞。因为我感到只要撰写作品，就是对敬重的日本文坛的风气的一种反拨，所以在写出《金阁寺》之前和搁笔之后，我称了体重，证明我为了作品，在肉体上一克也没有消耗，我不禁呼喊：快哉！

我结识了同住一家旅馆的伴淳三郎氏，不时相互招呼，愉快地生活。

对于我来说，整个烧毁了的金阁寺，并不具有太大的魅力。我孩提时所看到的金阁寺，没有给我留下什么了不起的美好记忆。只要作品中的主人公觉得金阁寺很美，就足够了。在这点上，我和主人公没有太多的共鸣。

毋宁说，我喜欢的，是新建的、人们挖苦说像电影布景似的富丽堂皇的金阁。我觉得正是那里有室町时代的美学，有足利义满将军的恍惚。正因为有了它，才能同能乐的衣裳设计相般配。不幸的是，如今我只能看到雪日里的金阁的明信片，我想大概很美吧。我为金阁在夕照下呈现的黄金色所包含的倦怠美所感动。在作品中的旧金阁的形象，就这样导入了作者的新金阁的形象。

1965 年 2 月 20 日

终了的美学

一　结婚的终了

如果是做爱问题，一般认为做爱终归是会终了的。反正要终了，与其拖泥带水地分离，莫如干净利落地分手，这也符合谚语所说“终了得好，万事大吉”。

但是，若论结婚，一般认为结婚是不会终了的。如果硬要离婚，让结婚终了，那么就无所谓干净或龌龊。因为不论采取怎样的分手法，都是不体面的。

不信，请看证据：世间有结婚仪式，却没有离婚仪式。本是堂堂正正从正门进来的伉俪，一旦闹离婚，就像盖了章似的，从后门悄悄离去。

既然如此，为什么不像举行结婚仪式那样，再次把客人请来，进入同样的会场，宴请同样的菜肴，举行像电影倒片似的仪式，由双方各带半边蛋糕在会场内合并，以代替从中间一分为二切开的结婚蛋糕，请一名离婚见证人以代替媒人前来致辞，彼此退回婚约戒指，女方脱下礼服改换便服，各自在热烈的掌声相送下说声再见，从不同的出口离去，这样不是很好吗。然而，从未曾听说有谁举办过这样的仪式。

当然，不举办这样的仪式，也有经济上的原因……

几乎在所有的结婚仪式上，都会说些言过其实的话，诸如白头偕老、永相厮守之类的话，可是过两三年后，又会以“想推翻过去的想法，真不好意思”为由而分手，这种理由可能是很充分的，不过就连毅然决然采取闻名遐迩的“协议结婚”即带有期限的结婚行动的明星，在解除婚约时，进展也是相当缓慢的。

实际情况是，约束人的契约书，就以好莱坞红星的契约来说，最长的也不过十年左右，之后如果双方都有意续约的话，重新签约就行。

我们文人的契约，大体上最长的是三年。

因此，结婚虽说要白头偕老，但是从契约的角度来看未免太长，可以说是划不来的。不过，也没听说过大约在婚后五年就拽住过早地发胖的太太，去控告她违反契约的。

悠悠地维持到金婚，大致上就可以认为他们在这漫长的时间里，不知缄默地举行过多少次重新签订婚约。

“再过一些时候吧，怎么样？”

“是啊！孩子都已经上小学了。”

“哦，我们今后就按这个办法维持下去吧。”

“虽然不是那么令人感到称心如意，但还是照旧继续下去吧。”

这样的对话，当然不会说出口，但总觉得彼此是在用眼睛和身体互相确认，彼此同意，于是婚姻契约又重新签订若干年。

然而，这种事妙在不言中。因此，也有好几个这样的话题：夫妇之间“一经出言，就算完了”。

阅读妇女杂志，据说维系夫妇间关系的惟一纽带是性的纽带，经历了新婚数月的暴风雨般的激越行动，就不觉得这种维系的纽带是那么无法摆脱的了。结果，所谓夫妇就是：

“看样子，这个女人要终生陪伴我了。”

“看来，这个男人要终生陪伴我啦。”

在这无常的人生中，至少为了这朦胧的可依靠的人，便生活在一起了。什么为了孩子之类的话，只不过是一种口实罢了。

夫妇本身就有夫妇的目的。

“为了在一起而在一起。”

这种情况，可能是真实的。人们把鼓吹“为艺术而艺术”的一派，称为艺术至上主义，而人世间大部分夫妇，都是这种结婚至上主义者。

从而，如果不是因为死而是由于纠纷而分手，那么我们将不得不丧失人生的一种确信。

“电影大约放映一个半小时就结束。”

“用膳约莫一个小时就解决。”

“做爱在一个小时之内就终了。”

“酒吧间在夜间 11 点半就打烊。”

“密纹唱片单面大概也在 30 分钟内转完。”

本以为惟有结婚是例外的，可是，如果“结婚也只维持两三年就终了”，那么结婚、密纹唱片、酒吧间或电影，就成了惟有时间上的长短之差而已。

这样一来，这个世界上就变得没有什么“特别珍贵”的东西，就变得没有什么值得人们为之认真努力、耐心容忍的东西。

天主教之所以禁止一切离婚，可能也是由于清楚地看透了这类实情的缘故吧。

参观动物园，只见平时成双成对的动物如今孤身只影地走进笼子里，挂着一副寂寞的面孔。就算是动物，只要成对地关在一起，并提供丰富的食物，它们就要比享受自由而挨饥忍饿的动物来更长命些。

提起享受自由而挨饥忍饿，如果你现时22岁，那就是浪漫而风华正茂的年龄。但如果是40岁，就无异于是个流浪汉，如果是50岁，就简直是个疯子了。

离婚时，男方或女方的内心都会涌起一种莫大的解放感，他们对自己再度成为为“享受自由而挨饥忍饿”的存在而万分感动。他们那份激情犹如在咀嚼着青春的再度归来。然而，在别人看来，他们已经没有什么浪漫可言。因为青春不会再来。

要让结婚的终了变得美好，最好的方法是将迄今的结婚一事，对任何人都保密。我认识一个男子，他十几年来就是这样做的。如果没有勇气举行离婚仪式的话，那么最好从一开始就不要举行什么结婚仪式。

结婚仪式和婚礼宴会都不是法律所规定的。但是，人类这种动物不可能用心如此周到：为了终了得好，从一开始就埋下了伏线。

二　电话的终了

根据某商社电话总机接线员的统计，电话终了时的语言，使用最多的是“どうも”〔“どうも”，有表示感谢、抱歉、失礼、对不起的多层意思，诸如实在感谢、实在抱歉等等，一般只说前面的“どうも”二字，用语气或表情来代替要表达的意思〕一词，九成的男性、七成的女性都说“どうも……”这个词。

我总觉得这个词的意思很不明确，带有日本式含蓄暧昧的意味。这个词正因为用起来方便，就被普遍地使用了吧。不

过，也有些家伙模仿会议主持人说“どうも、どうも”的。至于我，完全是属于个人的趣味问题。在电话里，如果我听到男人对我说“どうも、どうも”，我就会很不愉快，恨不得把他给杀了。

在电话里使用这种轻浮、无诚意、自以为是、自以为了不起的词，不知电信电话公司是怎么想的。

如果说，只是说“どうも”还算是好也就罢了，可是，什么坏事也没有做，却说什么“どうも”，什么恩惠也没有接受，却说“どうも……”，难道不是太言过其实了吗？

首先，从使用电话开始表示“どうも”，再次又说“どうも”而终了电话，我真想回敬一句：“既然知道どうも，为什么要挂电话来呢？”

根据同一家公司的调查，男性使用终了的语言，大多使用诸如：“失礼了”“真失礼”“实在……”“那么……”“就这样”“回头见”“辛苦了”“您辛苦了”“回头再联系”等等，女性所使用的终了语言也大同小异，充其量再加上几个诸如：“那么回头再联系”“请不要见怪”等。

我带着这样一种心情向人们致意，我为社会转动的齿轮加油呐，我的齿轮并没有生锈……我一桩桩一件件吹毛求疵地加以非难，但也不一定言中吧。

当然，这是公司的语言，许多所谓“那么回头见”，也许会出乎意外地具有这样的意思：“哼，像你这样的吝啬鬼，真不想再见到你呐。”

男人为工作经常外出旅行，公司职员经常要出差旅行。

他们一般的通病是，总想在旅行目的地的旅馆里挂个电话回来，单身汉就给“她”挂，有家眷的就给妻子挂。

这种经验，人皆有之。在电话里愉快地交谈，开开玩笑，末了女方（一定是女方）说“那么，您就慢慢欣赏吧”，或说“好啦……哎，就这样，再见”。

将此类意思不明确的、暗喻性的、令人牵肠挂肚的一句话留在最后说出来，然后把电话挂上。

就算语言本身没什么可牵挂的，可是当她说“再见”这句话时，声调突然变了，会令人感到带有一种不吉利的、毛骨悚然的音响效果。此前那番尽情愉快的谈话，至此就蓦地发生了变化。

电话一挂上，最后的一句话，突然像沉重的碎石子似的压在男方的胸口上，一切都变得没意思了。男人总是比较任性的，外出旅行，体验到自由与解放，为了使下一个瞬间的幸福感更加实在，便给远方的“她”和家中的妻子挂电话，结果往往反而使他的幸福感破灭，留下一种莫名的不安情绪。

从旅馆的走廊上可以眺望湖，湖中小岛的松树梢上挂着一轮满月，皎洁的月光仿佛把房间里的新铺席的席缝都照得清晰明亮，此时刚洗完澡，过一会儿就会端上酒来……这样优越的环境，转眼间，怎么竟完全变成万般无聊的灰色世界了呢？大概这也是因为电话里的最后一句话的影响，以致发生奇妙的变奏的缘故吧。

“这是怎么回事呢？是不是有什么难言之隐？是不是发生了什么不便让我知道的意外？

“抑或是对我有什么不满？借助我从旅行目的地挂回来电话这个机会，委婉地隐约发出爱情已经全然消失了的信号呢？”

既然如此，为什么不再挂一次电话来确认一下呢。可是，这样做，有伤体面。再说，光凭声调来确认问题，是无法真正放下心来的。电话里的声音，虽说具有巧妙的搅乱人感情的力量，然而却看不见对方的形象，这是一种隐遁者式的存在。

却说，处在如此心事重重的状态，就抱着忡忡的忧心，回到了自己所住的城市，她却若无其事地说：

“哟，我这样说过吗？”

“说过了。那究竟是什么意思呢？”

“没有什么特别的意思呀，你是不是神经过敏了？”

电话里的最后一句，虽然产生了击中要害的效果，但是她全然没有要击中要害的意思，说不定是由于打电话时，那只猫突然跳到被炉上打了个大哈欠，她一时顾此失彼，只不过说了奇怪的话而已。

电话里的最后一句话，有时的确可以左右人的命运。“是这样吗？哦……”说着咔嚓一声把电话挂上。光凭那声调，这个“……”的效果，甚至可能把对方逼上自杀的道路。

那时，电话就成了一种心理上的凶器，那种会话的杀人性的结局，可以说充分发挥了人的语言、声音、抑扬顿挫等巧妙综合的力量，而且还留下了“没有露面”的一个谜。

到了电视电话的时代，电话的终了就像电视连续剧的剧终一样，荧屏上出现“剧终”的字幕和接踵而至的电视广告，活像庙会嘈杂热闹的结束情况，这种心理性的恐惧余韵就将消失了吧。

科克托的戏剧《声音》中，描写一个女人在电话里向她那个不诚实的情人不断地讲述她自己的怨恨，最后在自己的脖子上绕电话线自杀的故事。这个女人呼唤着不见身影的情人，临终在电话终了的一句话是这样说的：

“把电话挂上！快点挂上！挂上！我太爱你了。我爱你，爱你啊！……”

三 流行的终了

几年前的一个夏天，银座开了一家跳猴舞的电吉他商店。那时，我觉得很有意思，简直着了迷，每天往返地去了一周。我的猴舞舞技拙劣，与其自己跳，不如坐在椅子上看大伙跳更觉有趣。

不少人是独自前来，只身独舞，整整两个小时后又独自回家的。这与溜冰之类的活动是别无二致的。

一个年轻人迄今一直心不在焉地呆坐在椅子上，挂着一副近来年轻人特有的无内容的、无感动的面孔，带上几分仿佛这个人世间什么都没有意思似的神情，慢慢地站起身来，蓦地伸出下巴颏儿，双手交替地在空中挥舞，上身向前屈，屁股向后突，像是开始拍打苍蝇的样子。转眼间，他就陷入了激烈的陶醉状态。我目睹这幅令人震惊的人类变化的场景，感到万分高兴。

我和一位相熟的商店经理交谈着。

“你估计行情会怎样呢，这种流行可能会持续整个夏季吧。这种买卖，赶早赚上一笔钱，迅速撤出，这不是很聪明的做法吗？”

我这么一说，他随即答道：

"是吗，我估计这种流行可能维持到今年年底。"

不愧是行家的估计，很求实，电吉他的流行势头果然维持到当年年底。这年岁暮至第二年正月，骤然显出流行衰颓的征兆，电吉他的插销的强力高压电流也改为弱电力了。

就这样，以往流行的布吉 - 伍吉〔布吉 - 伍吉，爵士乐的一种〕、摇滚乐、摇摆舞〔摇摆舞，一种剧烈的舞蹈，20 世纪 60 年代初期在美国开展起来，为上流社会接受后流行全球〕也都逐渐消失。在女性服装的流行方面，公主款式的服装、筒式女装也都消失了。

在我脑海里，那种背后有优雅的衣裳皱襞，下摆张开的公主款式的外套，是同斜阳族〔斜阳族，指战后日本社会动荡而出现的抱有没落情绪的上层阶级，由无赖派作家太宰治的小说《斜阳》（1947）而得名〕的小姐们那落后于时代的最后的美和寂寞的面影联系在一起的。筒式女装，则是同曾经潇洒一时的太太们的讴歌最后的风流的姿影联系在一起的。

当人们哼起以往的布吉 - 伍吉"在热带的原始森林里，在热带的原始森林里……噢、噢"时，我眼前就会浮现出当年的情景：笠置静子身上围着豹皮毛，在日剧的舞台上将就着狭窄的空间狂舞，反映出在战后混乱中所产生的坚强意志，以及京町子跳火鸡布吉 - 伍吉舞，舞姿矫健，表现了肉体美的火鸡形象。

我也上年纪了。但是，此时读此文的诸位，说不定什么时候也会说出：

"从前有一种挺有意思的音乐叫电吉他哪。"

诸位的孙子则会取笑说：

“哟，奶奶，太古老啦。”

所有的流行，都将会像樱花那样果断地衰落的。

一提到流行，人们着实觉得它是很肤浅，是皮毛的东西。不过，在动物世界里就没有这种现象，它表现了人类文化和文明的某种本质。

我还没听说过今年流行三毛猫，邻居街坊的猫都一律换成三毛猫。也没有听说过狗流行“喵……”地叫，斗牛犬或狐狸狗都开始“喵……”地吠。

这是因为动物受自然条件的束缚的缘故。人也这样，只要处在最低生活水平，受到自然条件的束缚就顾不上什么流行了。

因为人类违背自然，学会了种种本领，或是唱歌，或是跳舞，所以才派生出流行来。

那么，为什么流行很快就终了呢？因为人们厌倦了。那么，为什么一厌倦就把它抛弃呢？因为即使把它抛弃掉也无关痛痒吧。

喜爱电吉他的儿子或女儿们，即使对爱唠叨的父亲感到厌倦，也不会抛弃他，因为抛弃他，自己的生活马上就发生困难，所以只好忍受下来。他们充其量把自己的父母看作是“老古董”，这是最大坏话的象征性存在。

流行的奥妙在于奴仆对主人感到厌倦，就不断地更换主人。主人对奴仆感到厌倦，就不停地解雇奴仆，这是容易理解的。可是，流行的情况却是平素低头礼拜、毕恭毕敬、奉献身心的一方，情绪一变，就转向一边不理主人啦。

再者，迄今居于王座之上者，全然不明白自己为什么招人厌倦，此刻不得不顺从流行，垂头丧气地从王座上下来了。

很少看到有这种幽雅的流行，即在招人厌倦之前，自己先行隐姓埋名，只有突然的死亡，才能获得这种稀罕的幸运。就是说，犹如瓦伦蒂诺〔瓦伦蒂诺（1895—1926），美国电影演员，生于意大利。被无数妇女崇拜为20世纪20年代的“伟大情人”〕之死、詹姆斯·迪安之死、赤木圭一郎之死……这些人用不着担心会不可思议地被人厌倦。所谓“没有终了的流行”，就是指突然到达了人们伸手够不着的地方立地成佛。

清洁的东西必被污染，白衬衫必成灰色。人们知道这个人世间的残酷，新鲜、清洁、雪白等东西不能永远保持下去。因此急忙地、狂热地爱它。因为爱它，立即又用手垢污染它。

但是，任何肤浅的流行终了之时，人们总要把自己的青春与狂热的一部分，连同这种流行一起埋葬在时间的墓穴里。一去不复返的，不仅是流行，而且为它而狂热一时的自己的青春也不再来。

你把手中的蚊子捏死，不用担心再挨叮咬。然而，嗡嗡叫的蚊子与你同在的喧嚣世界，也同时永远终了。

四　童贞的终了

对于男人来说，“童贞的终了”一般不会引起任何感伤。童贞的终了，与其说终了，莫如说是某样东西在开始，如同开始抽烟，开始喝酒一样。有的男人从一开始就觉得它味美，有的从一开始就觉得它格外乏味，有的甚至觉得它非常苦。因此，“童贞的终了”因人而异，有大欢喜的，有小欢喜的，也有带着冷嘲热讽似的口吻说“哼哼，无非如此”，还有的简直无动于衷。不过，它至少是与感伤无缘的。

倘使有那么一所童贞学校，在早晨举行的毕业典礼上，大家齐唱《萤光曲》，手牵着手惜别童贞，热泪濡湿了手绢，毕业典礼之夜一起丧失童贞……假设有这样一种状况，大概谁也不会应召进入这种无聊的学校，它可能成为全国惟一一所没有考试地狱的学校吧。

在男人的世界里，童贞被视为羞耻的事，到了结婚年龄的男人如果以童贞为自豪，人们可以认为他要么是个相当奇异的人，要么就是个大骗子。因为男性独特的冷静沉着、客观的判断能力，大多是通过丧失童贞而获得的。

在童贞者之间的想法里，总觉得有来自禁欲方面的负面影响。正如尼采所说：“对有些人来说，童贞是道德；但对多数人来说，几乎是一种不道德。”

女性处女的终了，不是为了认识人生，而是为了参与人生。但是，男性童贞的终了，是在参与人生之上，为认识人生所必需的。因此，男性的台词一定是“一旦全明白，也就终了”了。

且说，我正在思考，对于男人来说，究竟有没有童贞终了这一说呢？

童贞的终了，的确是长期以来炽烈的求知欲的满足。然而，男人的求知欲并不就此而终了。假使男人失去童贞的同时，求知欲也全都丧失的话，那么诺贝尔奖的科学工作者就不可能存在了。

哦，假设，就算丧失了童贞，性的求知欲获得百分之百的满足，那么这种性的求知欲能不能百分之百地转化为高级的科学性的求知欲，思路敏捷地、全心全意地将所有的精力都投入科学研究呢？恐怕人类很难做到这一点。求知欲这种东西，依然是高级欲和低级欲的混合物，当一个人只顾沉湎在高级欲里，这时低级欲又会像地下水似的渐渐积存起来。于是人又不得不为满足低级的求知欲而拼命奔波。

第二次、第三次、第四次……第一百八十七次的满足，也许不一定会获得童贞终了时那么大的满足。不过，它是性质相似的东西，只是五十步和百步之差罢了。在男人的性的求知欲和性的满足这出戏剧里，难道不能说它只有“童贞的终了”的反复出现，而在性的技巧的进步方面是无关紧要的吗？

舞台剧的演员经常这样说：

“我努力把每天的舞台剧都当作首场来演出。”

“以不忘初衷的心情去努力。”

诸如此类的话，也就是包含这个意思。也许男人至死也在重复着“童贞的终了”吧。

也许有人会说，这种话未免太无耻了。不过，那里隐藏着男人作为一种生物的悲剧。

为什么呢？因为宛如雄性螳螂在交配结束后被雌性螳螂吃掉一样，当“童贞的终了”时，作为动物的人类男性在生命的顶点上，就完成了生物性的任务。与此同时，也完全处在随时都可以死亡的状态。

但是，承蒙文明发达的恩惠，人类这种动物且死亡不了。完成了生物的任务之后，还继续活下去，还希望再一次回到生命的顶点上。人类为高血压所苦恼，担心心脏病，服用维他命或荷尔蒙，饮用枸杞茶，甚至吃九龙虫，企图回到生命的顶点而重复着“童贞的终了”。

然而，回到所谓的生命的顶点，其实就是回到与死亡毗邻的状态，这就是雄性的宿命。

在活着的时候，男人就是这样恋恋不舍地、人为地、数百次数千次地重复着“童贞的终了”。

但是，除了第一次以外，其他都是假的。其实对情事熟练的男人来说，就如同数千次重复上演同一出戏，诸如演《父归》《沓挂时次郎》之类的戏，在不断重复的过程中就熟能生巧。就像一个微不足道的巡回戏班子的演员。

那么，所谓真正的“童贞的终了”是怎样的呢？

那就是男人作为雄性动物，只有在勇敢地作最美美地活、最迅速地死时才能表现出来。例如，特攻队员在出击前夜，第一次同女性交欢时的情景就相当于此。

女性的温柔、女性的美丽、女性的丰盈、女性的无聊、女性的无常……这一切的一切尽在这一夜之间，令人眼花缭乱似的体味着。

“哦，原来如此，我懂了。”

于是，无忧无虑、心情舒畅、别无遗憾地出击，飞向拂晓的天空，一往无前地撞死在敌人的军舰上。

这对于男人来说，撞击生和撞击死都是一样的。

然而，如果撞击魔芋，就不会撞击出什么火花来。一群年轻人在那一带的街角上，洋洋自得地抽动着鼻子，谈论着失去童贞的事，他们所撞击的既不是生，也不是死，只是魔芋而已。他一生大概也只是重复着那个魔芋的演技吧。

五 办公的终了

女职员一旦终了办公，就等于结婚，这已成为日本的惯例。即使不是恋爱结婚，周围的人也会你一言我一语地促使你结婚，在这种情况下的日本，难得见到像美国那样的独身女性的悲剧。在美国电影里经常看到女职员与百万富翁结婚的故事。那是因为她们实现不了的梦想，所以每每被当作电影故事搬上银幕。在纽约这样的城市里，女职员的办公生活里是没有终了的。结了婚也可以当女职员，不结婚也可以当一辈子女职员，一心扑在工作上的独身女职员，随着远离人生的幸福，确实不断地获得工作上的成功。她们薪金高，储蓄也就很可观，又可以去外国旅行。看过凯瑟琳·赫本的电影《旅情》的人，对这位老处女的生活心理应该很了解了吧。她存下一笔钱之后，越发不信任男人。向她这位半老徐娘求婚的男人，往往肯定被她认为是个图财的骗子。她越不信任他人，她积攒的钱就越多，到了年迈之时，孤身只影地过着饲养猫狗的老人公寓生活。她有钱，不用工作也能生活得很好，成天待在家里，需要的就是朋友，却哪儿也没有朋友。从早到晚孤身独处，总想随便找个人说上几句话，即使在大雪纷飞的日子里，她也要到附近的茶馆里，坐在柜台边独自喝咖啡。

"哟，好大的雪啊。"

她决意向侍者搭话说，可是忙碌的侍者没有回应。因此，她一天一次"与人对话"的机会就这样永远丧失了……

我之所以首先从美国这种悲惨的故事开始谈起，那是因为在日本，女性与职业的关系还是很宽松的缘故。将工资袋原封不动地交给妻子的神仙般的丈夫，尽管世界辽阔，他却只待在日本。日本的女职员只要一结婚，肯定可以得到这种不错的身份。女职员们在婚前，她们的周围总有些恼人的亲戚朋友，想方设法让她们早日成亲。在这种环境中，她们怎么可能全心全意地扑在公司的工作上呢。在日本，的确可以这样思考公司女职员的生活：她们把漫长的晚餐时间拖后几个小时，而把本是进晚餐的时间当作饮茶时间，只上小块三明治和曲奇饼干之类，确实没有上什么丰盛的佳肴。但是，她们可以愉快地聊天，可以穿着漂亮的衣服让别人看着感到舒服，还可以背地里说几句不在场的人的坏话。她们说不出太深刻的人生论，轮流着给对方“斟茶”，间或接接电话，给熟客一些慰藉。不久，发现窗外已是日暮时分，华灯初上，随即匆匆起身离去。这个街灯的灯光，就是适龄结婚期的标志。如果不赶紧起身离去，就赶不上回家的公共汽车……

但是，有很多女性辞去办公室的工作，在酒吧间当女招待。据说，银座的女招待的就职履历中，曾当过一般事务系统的公司女职员者占百分之七十二。这大概就是那些日暮时分离开公司却没有径直乘公共汽车，而是待在城市的华灯下的例子吧。

……终于，她们为了结婚，辞去公司职员的工作，穿上正式和服，到各局各处挨个辞别。

“哟，真是判若两人。没想到一经打扮竟这么漂亮。这样的美人，真希望你再干两三年啊！怎么样？”

“真讨厌呀，处长……衷心感谢您以往的多方关照。”

“承蒙关照的是我呀。你照顾我比我内人还亲切呢。你对未来的夫君也不一定会这样亲切吧。”

“瞧您说的，处长！”

……这种低层次的对话，首先大多是在三流公司里流行起来的。不过，实际上他们彼此心照不宣了，处长尽管多少带点感伤，并且对她未来的丈夫也有些妒忌，但心中对她的离去又暗自高兴，因为她不顶用，交办的事净出差错，让她给大荣电机公司的秘书处挂电话，她却把电话挂到大映公司的秘书处；让她将文件装订起来，她连有字的地方也装订上；让她将尺子拿来，她竟拿来了男人的裤衩，这样的女子，真叫人受不了。她也有她的苦衷，这个秃头处长来到她身边说话时，就有一股难闻的口臭，同时他在女孩子多的地方爱讲淫秽的故事，好吹自己打高尔夫的球技，卖弄自己那一丁点来自周刊杂志的知识，还有其他实在令人讨厌的举止。因此，她一想到要同他告别，就高兴得嘴角都泛起了微笑。这显得越发的美。

一个当了七年公司职员的女子曾就公司的工作这样说道：

“做统计工作，我有时打算采用一种又快又好的方法，可是作为男性的对方立即否定了。大伤人家的自尊心，人家会生气的啊。所以，处理问题就得巧妙些。我想，讨自己丈夫的欢心，一定比这个简单得多。”

她还这样说道：

“客人刚走，处长马上吩咐整理好椅子，特别唠切要处理烟灰缸里的烟灰和洗刷烟灰缸。我在水桶上方拧抹布，水星溅了出来，他就立即命令要在水桶里拧干。”

男人都是理论家。在旧军队里，甚至拧抹布都要男人教男人做。但是，犹如没有听说过当过兵打扫卫生就很在行一样，也没听说过当了七年公司女职员拧抹布的方法也就一定要很高明。

她们窥视到男人琐琐碎碎的理论式的生活。这就是所谓的社会。如今与这种社会分手，开始过现实的生活。既然如此，一切该我说了算，洗刷烟灰缸或拧抹布这类理论式的事，都让丈夫去干好了。

六　尊敬的终了

（A——一封读者来信）

人不是那么简单地随便尊敬张三李四的。一生当中，能有几个是可以由衷尊敬的人呢？我是某公司职员 U 的妻子。我发自内心底里尊敬与我丈夫同乡的 N 先生的夫人。她是个美人，和蔼可亲，还会烹调一手好菜，在宴请客人方面真是无懈可击。她是两个孩子的母亲，夸张些说，N 夫人堪称日本女性的楷模。去年岁暮，她给我挂来了电话。

“听说你们打算新年回老家一趟，能拜托您一件事吗？”

“如果是大件行李可不行，因为我初次回婆家，光自己的行李就够瞧的了。”

“不是行李，只捎个口信。”

“哦，捎口信嘛多少都行。为了备忘，最好让我记下来。”

“其实就是 S 先生的夫人的事，这位 S 先生也是我丈夫的同乡。我现在就告诉您，请您回老家宣扬宣扬。我要托您的事，就是……”

然后，N 先生的夫人在电话里将要我在老家宣扬的事的内容，逐一地告诉了我。

这段话的内容是：前些日子的一个晚上，约莫 8 点光景，N 家的孩子痉挛发作，便前往 S 家，本想借用 S 先生的车送孩子上医院，不料 S 夫人竟佯装说："我先生已经睡觉了。"无意叫醒她先生。结果，N 夫人只好抱着孩子到处求医。

第二天，S 夫人前来探病，N 夫人不愿见她，一声不吭地把她撵走了。这下，S 夫人就把这件事散布出去，这些话甚至传到 N 先生的耳朵里，N 夫人反而挨了丈夫的怒斥。

"探病是探病，哪有一声不吭地就把人家给撵走了呢。首先想借用人家的车就是你的不对，不是有出租车吗？你应该去向人家道歉。"

但是，N 夫人无论如何也想不通自己哪点不对，她内心只顾燃起报仇的念头，便给我挂来了电话，让我散布 S 夫人的坏话。挂上电话，我对我迄今认为是贤惠的 N 夫人的那份尊敬也就终了了。

（B——给 U 夫人的回信）

拜读了您颇有情趣的来信。

我没有见过那位 N 夫人，因此自己也无从判断。不过，从您的来信看，她是一位极其平凡的、随处可见的女性，不值得特别尊敬，但也不应轻蔑她，她只是个一般的女性。

孩子痉挛发作，丈夫又不在家，可不得了啊。她不愿意叫信不过的出租车，首先要花那么多的钱，如果不是什么大病，事后一定会遭到丈夫的埋怨，再说家庭开销也马上会受到影响。看样子还是应该利用一下平时她家给予对方不少恩惠的 S

家的汽车……

至此，她都是只顾考虑自己的方便。事情到了这一步，她也顾不上考虑对方是否方便了。

就算S先生头天夜里值夜班而早早入睡，有不能叫醒的具体情况，可是在N夫人看来，她只考虑为了拯救自己孩子的生命，谁都应该为孩子作出牺牲。作为母亲来说，这种想法是很伟大的。可是，S夫妇的冷漠，也不是像在亚利桑那大沙漠中的、惟一一辆车的车主所表现的那种冷漠。这里是东京，有的是一般出租车和高级出租轿车，不一定非要把S先生叫醒不可嘛。

至于后来发生的前来探病，主人却不吭声等等纠葛，这就只是无聊的感情问题。人家一言不发，这下，S夫人也并不因此而痉挛发作，出现危险，她却到处散布坏话，这下N夫人也并不因此而引起脑溢血，这已经不是生命的安全问题。我很理解您对N夫人尊敬的终了，因为您知道了N夫人沉浸在这种毫无意义的、低级的纠葛里感到了幻灭。

但是，您又怎样呢？您埋下了一条伏线，即您不如N夫人贤惠。然而，您不正是那位多次引起这类纠葛或被卷进这类纠葛的人吗？

作为一个人，作为一个女性，如同洗涤、打扫卫生一样，这种事是相当日常性而自然的。您就是因为知道N夫人和自己都是同样水平的人，才失去了对她的尊敬。

您的来信大致内容是：开头说N夫人是个“美人”，最后说她很“贤惠”。这是个奇怪的逻辑，难道您认为世间有“美人就是贤惠”这样一条法则吗？

犹如世间有个“白痴美”的词，难道美人一概都不傻吗？这点您是知道的，难道因为N夫人是个“美人而且贤惠”，您才尊敬她的吗？这就过高评价了，应该说您只是因为N夫人是个美人而感到满足吧。

美，是值得尊敬的东西之一。只要长得美，即使是个傻瓜也无所谓，女性对同性有一种不可思议的矛盾心理，自己对对方的美当然是很向往的，但也有妒忌，为了充分满足自己的尊敬心，尽量给自己尊敬的美人对象科以几乎不可能达到的苛刻条件。这样一来，对方早晚会露出马脚，自己的那份尊敬也旋即终了，这是明摆着的事。

据说，公司招聘考试时，请试举你所尊敬的人物，被应聘者列举最多的人物是非洲的施韦策〔施韦策（1875—1965），德国神学家、哲学家、风琴家、赤道非洲的传教医师。由于他为达到“四海一家”所作的努力而获得1952年诺贝尔和平奖〕，他受到人们的尊敬是因为他具有各种必要的优点。

第一，他是一位老人；第二，非洲很遥远，谁都难以深入到非洲的腹地。人是不可能没有缺点的，只要接近他就能挑出毛病来。毋宁说，我倒希望是“因为他和我都是同样水平的人，所以我尊敬他”。

七　学校的终了

所谓学校的终了，不言而喻就是毕业。在女子学校里，毕竟不会发生毕业典礼举行过后就围剿老师之类的暴力事件。但是，这并不意味着女性就不是暴力性的。再说，她们也有自己未来的打算：

“自己快要结婚了，很快又会有孩子，如果是个女孩子，还得在这家母校就读，这些老处女先生们，看样子都会很长寿，现在同她们闹翻，对自己将来不利。”

男学生就很难有这种远虑了。

就女学生来说吧，对学校和老师也难免会有怨恨，以前也曾有过这样的女生，她在学校毕业的同时，放火烧了学校。这种事当然是个例外，大多数还是怀着纯洁的感伤心情告别母校的。

所谓学校的回忆，究竟是什么呢？仿佛一生净是在做考试的梦似的，离开大学快十九年的我，就在前些日子还被危急的梦魇住了，梦中被考试问题折磨得痛苦地呻吟，一味担心不及格。还有好几次做了些如意算盘的梦，诸如为自己又一次成为大学生而高兴，因为自己曾有过一段时间踏上社会，如今特别回到大学来，可以免考试，等等。我连做梦也受到考试恐怖的冲击，于是在梦中勉强使自己放心。

学校的终了，首先恐怕就是考试恐怖的终了吧。重返学校的欲望虽然很强烈，但总希望这次是重返没有考试的学生时代。

近来，社会上对学生的学力比过去下降有诸多评论。不过，学生阶段正是人生在无知、浅薄、无忧无虑的阶段，是天真的理想家，好虚张声势，但却缺乏自信……从这点来看，我觉得现在的学生同过去的学生没有什么两样。

学校是作为思考问题很不成熟、一知半解、好挑剔的黄毛孺子的牢笼，现在和过去都别无二致的，惟一不同的是，过去的学校未曾发生过像早稻田大学那样的大规模示威游行。

说白了，所谓学校，就是精神病院，人们处在情窦初开期，都是可能有点不正常的。

学校的运营实在非常巧妙，绝不会让入院患者（学生）察觉到“我头脑不正常”之类的事。

老师当中，也有几成人的头脑依然是像学生时代那样不很正常，这样的老师与学生们很投缘。在这所数千人的学校里，只有几位老师知道这个秘密，学校的经营方针是绝不会泄露这个秘密的。现在即使宣布有几成东京大学的学生患精神病，恐怕也没有什么可惊讶的吧。

所谓考试，只是履行一种手续。学校就是为了让这些头脑不很正常的人确信“我很正常”。缘此，考试试题净出一些同他们脑海里的所想的奇妙而绚烂多彩的问题简直毫无关系。正因为这样，对他们来说，学习就越发痛苦。但是，话又说回来，如果写出答案，多少可以获得一些安心感，说明自己是正常的。

在课堂讨论的时间里，允许暴露出一些头脑不很正常的事情。

记得有一回，老师和一群学生在猪排餐馆里一边吃猪排，一边作课堂讨论式的对话，对话声蓦地传到我的耳朵里，有个朝气勃勃、长得十分标致的女学生大声发言，她说道：

“老师，我还是认为歌德在写《浮士德》第二部时，从思想上说是后退了一步，他徘徊在神秘主义之中。”

作为边吃猪排边谈论的话题，谈论《浮士德》真是风马牛不相及。其实，我也在吃猪排，不能说什么大话。不过，把目光投向这个女学生时，只见她身穿浅绿色毛衣，丰满的胸脯充满了活力，给人一种着实很美的感觉。这样就更令人涌起一阵悲哀的情绪，她为什么要一边吃猪排，一边谈这样的问题呢？一想到这儿，不禁泛起了一股厌世感。

学校宽容这样的缺乏羞耻心，因为学校就是精神病院的缘故。我至今还很惭愧，记得学生时代，我曾跑到非我专业的法国文学系去，说：

“老师，我喜欢戈迭那样的作品。”

戈迭，正确的发音，应是戈蒂埃，可我却胡乱地说成戈迭，还洋洋得意。其实，我一次也不曾读过戈蒂埃的作品。

对此，法文老师很认真地作了学问式的回答：

“那是出现在浪漫主义与自然主义之间的作家，因此他的特色不鲜明，很容易被人忽视。”

老师给我作了细心的回答。我心想，在大学里，老师对待头脑不很正常的学生，为什么要有这种社会义务——必须认真作答呢？

难道只有那些喜欢与头脑不很正常的年轻人打交道的人，才选择老师这种职业吗？

那么，问题是“学校的终了”。学校的终了，就是举行毕业典礼。但是，又有几个人因此而正式毕业呢？

所谓正式的毕业，就是察觉到“我的学生时代，头脑是不正常的”。

从学校出来已十年，这期间，我只看电视和周刊杂志，然而至今却还觉得：“我是从大学出来的，因此我是个知识分子。”

至今这样的人依然是头脑不正常的，对于他或她来说，只能有一种解释，那就是：学校全然没有终了。

八　美貌的终了

巴尔扎克说过一句惊人的话，那就是："希望只存在于过去。"

人生最空虚最凄惨的是什么呢？那就是"曾经是……的""曾经是很美的""曾经是很坚强的""曾经是很著名的"等等，自己现在明明还活着，但谈自己的长处，却要使用过去式的时态。

倘使人已辞世了，使用过去式的时态来表述，这是理所当然的。现在进行式的小说和戏剧中的台词则另当别论，历史必然写道：

"克娄巴特拉〔克娄巴特拉（公元前 69—公元前 30），埃及著名女王〕（曾经是）美极了。"

历史对至辞世前还很美的克娄巴特拉也绝不会写出"克娄巴特拉很美"来。

过去式的时态，是表明死的文法。

另一方面，"过去我也很年轻"这句话，难道就那么空虚，那么凄惨吗？我不这样想。所谓年轻，这是自然现象，是万人共通的，并不是某一个人特别的长处。上了年纪就不再年轻，那是天经地义的事，所谓"过去很年轻"，只是单纯地叙述事实而已。犹如说"昨天天气很好"是完全一样的。

"过去美极了"同"过去很年轻"这两句话之间，就有明显的区别。因为年轻随着时间的推移而发生变化，这是理所当然的，可是美则应该是具有最绝对价值的东西。

然而，人是生物，不是大理石。人类所表现出来的价值中，也有荣枯盛衰之分，这是无可奈何的事。从女性的情况来说，年轻和美丽是联系在一起的。从男性的情况来说，年轻是与力量联系在一起的，这是天生的自然，也是无法改变的事。

只是，这男女的差异之间却纠缠着不公平。男人的力量，随着年龄的增长而日渐衰颓，这是自然的规律。到了30岁，想要更新游泳比赛的世界纪录已难以实现，连数学上的大发明，大体上也都是在20多岁的年龄段。然而，在力量这种东西里，有诸多有形无形的、各式各样的形态，男性随着肉体力量的衰退，同时也能巧妙地使这种力量逐渐偷换成别种力量。社会性力量、经济力量、政治性权力等等。连八九十岁老态龙钟的老大爷，也能准确无误地掌握的一种力量。男子汉的世界，就是各种类型的力量相互竞赛的力量的世界，所谓成功者，就是能够根据年龄的变化巧妙地偷换力量。总而言之，从18岁至80岁之间，能够因应其时其年龄的男人，能够发挥其最高力量的，便是成功者。

但是，美貌又如何呢?

惟有美的种类贫乏。首先，美貌肯定是有形的东西，不存在无形的美貌。所谓看不见的美女，在语言上是矛盾的。当然随着年龄的增长，可能会不断增加所谓精神性的美。不过，直截了当地说吧，50岁的美女是绝对比不上20岁的美女的。

如果她年方20，又是个绝代佳人，那她就是得天独厚之身了。美女与丑女那残酷的档次差距，同美男与丑男的档次差距是无法比拟的。

但是，美貌宛如无上宝贵的宝石、半衰期短暂的放射性物质，它同力量不一样，只有一个种类。它不可能随着岁月的流逝而巧妙地逐渐偷换成别的种类。于是在年轻时，任意享尽得天独厚的、并为同性所妒羡的不公平的恩惠，却因此而不能不在其后的一生中，付出高于那恩惠10倍、20倍的代价来补偿。

有时候，恰似晴空突然出现一朵白云，她美丽的眼睛下方出现了一丝小皱纹。她暗自思忖：一定是与昨夜睡眠不足有关。事实上，小皱纹第二天就消失了。也许那丝小皱纹只是心理的作用缘故吧。过了两三天，这回是在另一只眼睛的下方，刻出一道明显的皱纹。她想，这肯定也是心理作用的关系吧。可是，这回过了20天、一个月也不见消失，她便用按摩和化妆品来同这道小皱纹格斗。于是，最后终于悟到这是一道真正的小皱纹，这时她才不慌不忙地稳稳当当地坐下来，开始迈出她长达终生的掩饰化妆的第一步。

政治气候不好时期，国王驾崩，就得采取推迟发丧多日，制造国王依然在位的骗局。与这种情况相同，她这时下定决心要隐瞒美貌初露死的征兆，尽最大的可能加以掩饰，尽最大限度推迟美貌死亡的发丧，决定要做到国王表面上依然在位的样子。

然而，人世间偏偏有感觉敏锐的人，他们说出：

“其实，国王不是已经驾崩了吗！”

人们互相传递着这个信息，当局最后不得不将事实公布出来。美貌的女性琢磨着再推迟一年大概问题不大，再拖一个月估计也没问题，再延长一天也没问题吧。就这样一天天地推迟下去，终于拖延到自己辞世，完全失去了公布时期。

某年某月某日

这就是说，美女一生中必须经历两次死亡，美貌的死亡和肉体的死亡。第一次的死亡，是可怕的真正的死亡，因为只有她自己才知道这次死亡的日子。

“原本美貌”的女性，并不像荒废了的名胜古迹那么没有风情。处处可见“原本的美貌”“美貌遗迹”“美唇遗址”之类的告示牌，野草葳蕤，风萧萧仿佛吹拂着不尽的遗恨。在那茂盛的草上，一对处于青春鼎盛期的情侣在相互拥抱，小伙子对姑娘说：

“你真美啊！”

于是，风萧萧兮恨绵绵，回荡着令人毛骨悚然的山鸣谷音，那声音历经多次修正，然后扩展开去。“你过去真美啊！”“你过去真美啊！”“你过去真美啊！”……年轻的姑娘仿佛嘲笑这山谷的回声，扬声呼喊：“我永远是美丽的！”

九　书信的终了

在日本，男性写信结尾，写上“敬启”“匆匆”之类的词儿。女性则写上“谨启”之类的词儿。这是旧式却很方便的结尾词。英语则有“Sincelery yours”（您真诚的）以及其他。除此之外，英语还有：××××××××。

这是亲吻的暗号。上面所书的，就是送上八个吻。根据不同的解释，也可以说是八十个吻。不，也未尝不可说是八百个吻。

这封信，尤其是长信，是来自遥远的地方。信的结尾，多少需要类似轮船启航时挥舞白手绢一样的东西。在写法上，不应像小学一年级学生的作文。

昨日抵达旧金山。今天整日参观游览。金门桥是一座相当巨大的大桥，看了令人很激动。过一会儿，就要到鱼市的餐馆吃晚餐。再见。

这样，你就不想说一声“悉听尊便”吗？

小说家的信，出乎意料，写得很差。并非拿不到稿费就不用心去写，而是因为他总是不断地写小说，为了使文章写得更客观些，尽量压制住感情，这已经成为一种毛病。现在写只有两个人之间阅读的信，也摆脱不了这个毛病。

我期待着重逢的一天。

这样写，没有强加于人的意思。是一个很好的结尾句子。没有强烈的保证。没有保证一定要再见。也许人生中没有重逢的一天。不过，上次见面，愉快极了，这种心情溢于言表。它也洋溢着一种为人的明智和纯洁，即对人生或对他人都不抱过分贪婪的要求。饭要吃八分饱，万事须留有余地，这是人生最高、最美之道。

我希望一定能再次见到您。

这个结尾句，带有点咄咄逼人的味道。如果我这方不想再次见面的话，那么这个结尾句岂不是类似自命不凡的小丑。

我一回到东京，一定马上再见面。

如果是亲友的来信，使用这样的句子结尾还好，如果是情人的来信，那就显得疏远了。是情人，一回来，肯定就想立即见面。因此，特别提到这件事，不是没有自信，就是没有爱情，二者必居其一。

请代问候令堂大人。

使用这样的结尾句子，也要根据时间和地点来决定。

迄今信中叙述的，完全是两人之间的私事，最后贸然出现这么一句，破坏了迄今只有两人的世界的氛围，就好像老母亲端着装有大福饼和茶水的托盘，突然出现在只有两人的房间里一样。

仿佛迄今的密谈，全部都变成胡扯。

但是，如果两人是在订婚期间，或是处在即将结婚时期，也可以这样使用吧。因为从这一句话里，可以窥见他或她的温存的体贴。

问候你家的小猫。

这是针对爱猫家的结尾词句吧。爱猫家收到这封信一定会对宠猫说："喂，某某先生在信上问你好哪。"信中写上这样的结尾句子，这是最恰当不过的了。

这结尾句子不一定只是信中的词句，还用了能乐和狂言的问候语，不过这只用于冬天的问候。

待到春日长。

这是我最喜欢的结尾语。在这里表现了等待白昼长的春季的心情，以及犹如季节的运行，绝不勉强，期待着自然的再会，使两者融合在一起。一切都像期待着即将到来的春天，带着明朗而淡淡的、朦胧的希望。

现代日本语已经走到了应该到达的目的地。在这种情况下，应该说声"再见"以终了了吧。

一位美国人给我来信，结尾把我的名字写成：

魅死魔幽鬼夫〔魅死魔幽鬼夫，日语这一词与"三岛由纪夫"谐音〕先生。

他这样写，一定是在他心情好，很快活，想开个玩笑的时候。如果他写"三岛由纪夫先生"，一般是在他情绪不好，心情急躁的情况下写的，通篇信函都充满了这样的语调。于是我把信读完，琢磨着"魅死魔幽鬼夫"这几个字。琢磨透了，这才"哎呀，原来如此"，不由得满心高兴了起来。

信件就像来自远方的一叶扁舟。百读不厌的精彩信件并非没有，不过大多数来信读完了也就成为废纸，同其他杂七杂八的许多事一起，完全被埋葬在记忆里。用个带哲学味儿的比喻来说，不知不觉间这些信已不属于我们所有。它在我们的感情和理性中，泛起了某种涟漪，而后又消失。也可以说，我们读完通过空间之海漂流过来的小舟，不久这只扁舟就向时间的大海漂去，也就是向忘却的方向流逝。它就像为无人祭祀的死灵做水陆道场的超度众生的灯笼一样，在水面上隐隐约约地漂向远方。

这远去灯笼的灯影，闪闪烁烁，若隐若现。它给岸上的我们留下了难以忘却的感怀。那就是书信结尾的字句：

您工作繁忙，但愿不要伤了身体，惟有这点令我担心。

真想早日见面啊！

不知怎的，我现在很寂寞。

下次见面的日子，真是望眼欲穿，盼得几乎快生病了。

再不寄钱来，我就死给你看。

唉，请尽可能注意安全。

你这人真讨厌呀！

这些就是那灯影的闪烁，明暗不等，却极富效果。

十　戏剧的终了

戏剧演出的最后一天出现了这样的情景：辉煌的谢幕，簇拥的花束，帷幕在正向观众告别的舞台人物面前徐徐降落……良久，舞台上的人充满感激之情久久地握手和拥抱。

“谢谢！”

"谢谢！"

作者、导演、演员、舞台监督和大道具工作人员，相互握手。最兴奋的女主角，拥抱作者和导演，她抱在胸前的花束都弄得皱皱巴巴了。一个个吻，如雨点般地落在她的脸颊上。有一回，我见过这样的场面：一名女演员兴奋激动之余，在谢幕之后，原封不动地穿着美丽的演出服装，一屁股坐在舞台上，长时间地沉浸在欣喜的热泪中，向大家挨个地鞠躬致意说："谢谢！谢谢了。"这场景不禁使我目瞪口呆。这种做法，令人感到太过分了。

最后一天的演出获得成功，这是好事。

纵令短暂告别，也是令人别绪绵绵，隐约地露出依依难舍的心情。于是，向幕外迈出一步，只见观众席的灯光已经熄灭，客人已杳无踪影，倒可以窥见剧场的另一副面孔：空荡荡的，活像一个黢黑的大洞穴。墙壁上仿佛还残存着观众的热气、兴奋和感动。随着夜深人静，它迅速消失了。

返回舞台，只见演员们都到了后台，大道具工作人员正在忙于整理舞台装置。这时候，豪华的客厅也成为不过是落满尘埃的幕布的堆放场。在观众的眼里，本是遥远的原野和鲜花盛开的苹果园的舞台背景，一旦把灯光的魔法撤掉，将它折叠起来，就像拉洋片的画一样凄惨，不值一文钱了。

一种幻想完全终了……作为一个剧作家，我不时地看到这种戏剧终了的场面，体会到戏剧这种最绚丽多彩的场景的终了，是如何勾起人们对人生的感伤的啊。

人生经历50年或60年，戏剧充其量一个月，长短虽然有所不同，但是戏剧集中地表现出生命的闪光。随着戏剧的终了，它的闪光也就烟消云散。在这点上，人生酷似戏剧。

然而，人生并不净是伤感的故事。人生与戏剧交织在一起，纵令打算瞒人眼目，终归有一天戏剧总会终了的。一天，女方突然脱口说出：

“医生说，我怀上你的孩子啦。”

慌张的男方再怎么低头认罪，请求女方堕胎，女方还是不依，说：

“你以为人类的生命就那么不值钱？再说，不论哪家杂志都说，头胎做人工流产是最伤身子的。”

诸如此类的吓唬，加上大肆抱怨，时而说恶心，时而说想呕吐……束手无策的男方终于决意采取结婚里的最坏形态——“妊娠结婚”时，她便向所有认识的人宣布两人的婚约，然后突然卧床不起两三日，最后告诉男方说，她流产了。

这一切都是骗局，一切都是在做戏。然而，总有男子不断地受骗上当。

这种戏剧的终了，经常是一个人悄悄地进行，她的喜悦和激动，如同大获成功的戏剧最后一天的演出一样，巧妙地欺骗了观众。

她独自兴奋，沉湎在激动之中，却连一个接吻的对象也没有，只好吻了一下自己的手背。

然而，附在这样的戏剧的终了，或任何戏剧的终了的形体上的邪魔，难道不正像附在那空荡荡的、黑黢黢的、深夜在观众席转悠的邪魔一样吗？戏剧之所以能够那么巧妙地进行，难道不正是同某种人生巨大的空荡荡的虚无联系在一起的吗？

另一方面，也有这样一种男人，他身边的一切都靠谎言来巩固，住址、职业、年龄、姓名都是胡编的，以此来贪婪地享受人生戏剧的快乐。以前，我曾接到过一个不认识的男子的一封来信，信中写道：

过去我常到新宿的酒吧间冒充三岛由纪夫冒充了一年，欺骗过许多女孩子，留下了许多愉快的回忆。所以我要向你表示深深的谢意。眼看着我快要露出马脚，就决定停止不再上演这场戏了。不过，诓吃骗喝之类的经济性麻烦事，我一件都没有沾边，请您放心。

这封信使我懊丧得顿足捶胸。首先，不知什么缘故，这个冒名的“我”，居然远比真正的我更受女性的欢迎，实在令人不舒服。

不管怎样，这个男子享受了完全的快乐。我自己对社会抱有一种恐惧感，这种冒名顶替的事，我绝对干不出来。这也是使我恼火的原因之一。

但是，纵令这个男子的戏终了，他成功地把戏演完了，自己给自己赠送祝福的花束，历数一年来的战果而沾沾自喜，但还是避免不了一切戏剧的终了的结局，他不是已经感受到收拾那个落满尘埃的大道具背面的寂寞了吗？

他毕竟只不过是个赝品，在舞台上扮演的角色绝不是他本人，当他卸装的时候，一定会吹来一阵无法形容的人生的贼风吧。

正因为有人甘愿受戏剧的诓骗（即观众），这种现象才能得以成立。再怎么酷似人生，毕竟与人生还是不同。凭着这点，观众才心甘情愿受骗，花钱买票入场。

刚才谈到妊娠结婚和冒充他人的故事，这是将戏剧带到人生中来，并不是欺骗了不愿意受骗的人。对于戏剧来说，这是严重的犯规。

但是，不管是犯规也罢，或别的什么也罢，戏剧一定要终了，帷幕一定要落下，观众一定要散场。在这点上，也许人生的终了与戏剧的终了没有太大的差别。

十一　旅行的终了

三好达治先生的短歌里，作为诗集《春之海角》的序诗，使用了如下一首名诗：

春天的海角
海鸥旅行的终了
漂浮而去路迢迢

每次旅行，特别是每次乘船旅行，这首诗就会浮现在我脑海里。诗中的“海鸥”，宛如这首诗所描绘的那样，定会原封不动地浮现在旅行终了的旅人心上，“漂浮而去路迢迢”。

“春天的海角”这诗句里，充满了绚丽和春愁，舒展大海的浩瀚，以及海面上漂浮的星星白点（请注意不是飞翔而是漂浮），海鸥群逐渐远去，于是衬托出船的速度来，而且知道船不是满载着希望驶向海面，而是辗转返航，走向海湾深处的海港。再见，海鸥！再见，愉快旅行的回忆！

我还未曾读过一首如此飘逸着春天乘船旅行之美和哀愁的诗。而且这首诗所表现的一切哀愁，都包容在“旅行的终了”这一诗句里。

实际上，一想到旅行的终了是这样哀愁吗？就觉得未必如此，这才是人之常情。比如，不妨在适当的时间里，试试乘坐上行的湘南电车。

在那里，可以看到男女旅行终了而疲劳不堪的身影。中年人有中年人、青年人有青年人的各自不同的筋疲力尽的姿态，着实有趣得很。这些人首先不是夫妇，他们从东京出发时，想必是燃烧着希望的。男方肯定是精力充沛地讨好女方，也就是说，他们毫无疑问是踊跃地踏上旅途的。可是，住上一两宿，旅行的终了就成了这副模样。

男方多缄口不言，或少言寡语，或一边读周刊杂志一边半打哈欠，或抽着烟茫茫然望着窗外，或神经质地掏出笔记本查阅预定的工作，或非常狂热地在阅读体育报有关职业摔跤比赛的报道，或挂着一副闷闷不乐的面孔观望别处的座位，或用指尖卷弄着领带边，而女方则一个劲地与他搭讪，可他却只顾“唔唔，嗯嗯”的，根本没有好好地听女方在讲什么，就这样应付了事。

女方一般都精力充沛，不但没有睡眠不足的迹象，而且浑身充满活力，喋喋不休地说个没完。尽管多次遭谢绝了，可她还是劝他吃橘子和巧克力。她说：

“我说呀，我们下次什么时候再见？”

她把现在最忌讳的话也顺口说了出来。

“下个星期天，我还想到一个地方远足去！”

她还提出诸如此类的贪婪要求。

毫无疑问，他们昨天夜里还在彼此热烈地相爱过。但是，至少男方已经读完自己的爱的结论。按推理小说的方式来说的话，就是读完解决篇了。如果这是推理小说，读到这里，好奇心已经得到了充分的满足，无话可说，就将书往枕边一扔，呼呼地睡大觉了。然而，对象是人，就不能这样处理。在剩下两个小时的“旅行的终了”里，他不陪着她，就回不了东京。啊！如果读完解决篇能够顿时获得解放的话，那么不管怎么说，今后也是可以爱她的……男方的脸上明显地露出这样的神态。这连与我们毫无关系的这些局外人，也可以看得一清二楚，惟独坐在他身旁的她却根本看不明白。她似乎由衷地感到幸福，嘴里还一边说个不停，一边不停地吃橘子。这样的女性似乎反应很迟钝，可是一旦要同她分手，再没有谁会比这种类型的女性更英勇斗争，更难对付了。

当然，旅行的终了，并不都是这种悲喜剧。

但是，如果这是一次恋爱之旅，回程无论是乘火车还是坐轮船，但愿最好是独自一人。在旅行目的地的车站与对象分手，感觉会更美。旅行也像听音乐那样，从美好预感的序曲开始，在最后乐章的高潮处结束，这是最高的享受。但是，如果旅行归途是两人的话，那么高潮大都只能是逐渐下降了。

相反，如果是独自踏上归途，一定会在好几个小时内，一味追忆刚才分手时恋人的面影，回味恋爱的往事，还得按捺住从火车途中倒车而又想再度折回到她身边的心情。不久，窗外已是日暮时分，从进入东京起，就看到街上齐明的灯火，这时候，内心怀抱着惟有两人的热情世界，神不知鬼不觉地悄悄回到灯火通明的大都会的腹地。

人世间可能不会有这般美好的“旅行的终了”吧。

人生不是音乐。不能在最美好的高潮时，恰到好处地终了，这就是人生。恋爱的旅行，也许可以人为地效仿音乐，可是人生“旅行的终了”就不可能是这样的。

昔日有一部法国影片《旅行的终了》，描写一些演员穷途末路住进养老院的悲惨下场。如果是恋爱之旅的终了，独自回味往事，也是很愉快的事。但是，在人生旅行的终了，仅凭借着回忆昔日的辉煌以等待死亡，未免太凄凉了吧。

我有个亲戚，是一位老人，在前些日子与世长辞，享年88岁。他直至辞世前都一直在吃牛排，每周一定到公司去三次，大声训斥人。周末一定驱车外出旅行。去世当天，晚饭后还同妻子和家人一起看电视，是时他说了声“我困啦，先去睡了”，就独自走进寝室，此后约莫一个小时便溘然长逝了。

如此这般宛如不停地驰骋的火车头，走完了他辉煌的人生旅程。人类谁都希望自己像音乐的终了那样，美好、绚丽多彩地了结自己的一生。但是，如果这是很难如愿以偿的话，不如抛弃一切旅行终了的感伤，也不充当旅客，毅然地充当忠实而无感动的火车头，轰隆轰隆地勇往直前，只顾驶向终点，也许这样做更为贤明吧。

十二　吵架的终了

夫妻吵架的终了，犹如昔日川柳〔川柳，由日本的17个假名组成的诙谐、讽刺短诗〕里常见的情景，大多以定型的几种言归于好的模式收场。越是阳性式的吵架的夫妻，言归于好后，在感情上更上一层楼，令吵架的调解人感到吃不消。

但是，如果是阴性式的、心理性的、黏糊糊的、说话笑里藏刀式的夫妻吵架，就不那么容易收场了。因为他们心中积淀着愤怒和不满，只得同床异梦，快乐不起来。

夫妻之间突发性的吵架的分手例子，的确很少。一般都是经历了漫长的重复多次的冷战，最后发展到饱和点而导致离异的。这种情况，在尚未同居的恋人之间一旦发生，就会酿成一生不再重逢的结局。可以说，终了吵架的技巧，就成为很心理性的东西。

男女在幽会的时候，有时会因为某些微不足道的小事，对方顿时满脸不高兴，而这方却不知道对方为什么生气。也许是因为自己这方无意识地说了一句什么话，伤了对方内心深处的最软弱部分吧。

在公园的林荫道上，不时看到这样的情侣：两人虽然对当中夹着一块铁板似的距离，都感到受不了，但同时也觉得正是这段令人不愉快的距离，是维系着此刻的他们的纽带。别的情侣都挎着胳膊走，惟独他们之间保持 50 公分的距离，这 50 公分的距离里饱含着无法形容的抵触、憎恨、埋怨和悲伤。

男方故意半打着哈欠。

女方的高跟鞋发出嘎噔嘎噔的响声，实在烦人。

这样的一对情侣各自都要回到亲人等待着的家中去，告别的时刻终于到来了。

急性子的男方思忖着：今天的事若不在今天解决，今晚一定会惦挂着，难以成眠。因此急于设法抓住和解的契机，却反而欲速则不达。

“刚才是我不好，我向你道歉。”

“你没有什么可道歉的嘛。”

“既然如此，就不要那么生气啰，好不好？别气鼓鼓的啦。”

“……”

“我都说了这么许多了，你还在生气吗？”

“情绪哪能那么简单地就可以扭转过来呢。”

“所以，我向你道歉了嘛。”

“道歉又有什么用。”

“那么，你说要我怎么办呢？”

“……”

“啊？你说要我怎么办嘛。”

“随便你爱怎么办就怎么办好了。”

“有这样回答的吗？不要总是那样噘着嘴嘛，令人不愉快呀。”

“对不起，让你不愉快了。可是，更不愉快的是我呀。”

“喂，我这个男子汉已经向你道歉了嘛。”

“可我没有说要你道歉呀，这又不是什么大不了的问题。”

“既然不是什么大问题，那就彻底把它忘掉不好吗？”

“……”

“不能更干脆一点吗。实在讨厌呀。”

“我也很讨厌呀。”

“喂，算了吧，别说啦！”

这回，男方真的生气了。尽管是他首先提出和解的。

这种时候，男方不可思议地陷入了焦灼的心理状态中。

在这种暧昧模糊的问题上，只有在男人的世界里，“因为道歉了，问题也就解决了”这种要求才能行得通。对于女人，如果要求她这样做，就等于要求她“喂，像个男子汉吧”，他觉察到问题从一开始就是矛盾的。

正是因为她是女人，才能相爱，不能因为吵架无法好好收场，就突然要求她持男性的态度，这种要求在逻辑上是自相矛盾的。对于男性来说，再没有比这种时候的女性更加不可理解和最麻烦的了。

但男方越是着急要在当晚解决吵架的问题，就越想要挂着一副明朗的笑脸来告别。通常这样做，事态就会变得越发糟糕。

最后，按通常的习惯，总要在黢黑的路边，甜美地道声“请歇息吧”，然后吻别。可是，现在她一扭转身子，就飞快地跑进家里去，把男方扔下。男方只是涌上一股说不出的痛苦滋味儿。

吵架的终了就会出现这种人们不愿看到的状态。越深究，结果就越糟糕。而且对于自己这方来说，留下的是无法形容的令人烦恼的余味。这种时候，男性独特的探索的欲望、穷理的欲望、解决问题的欲望等等，只能对他自己起到不利的作用。

另一方面，处理问题的方法也是一种才能。还有这样一种男人，当女方开始争吵、不高兴地任性闹别扭时，他立即使自己变成一尊木雕，把女方搁置一旁，连一句慰藉的话也不对女方说，巧妙地退避三舍。

还有这样一种类型的男人，他可以使对方或自己免于遭受心理性的、深深的伤害，平心静气地等待着对方前来道歉，等上多长的日子也不在乎。这样的男性的确是幸福的，不过他有个弱点，就是男性独特的逻辑探索能力较差。这种男人，一旦人过中年，大多变成善于心计的高手，不可想象地老奸巨猾。

这种男人往往要让女人受骗，因为他知道对待“女人之谜”，正是要保持“男人之谜”。在别的日子里与她再见面时，他泰然地露出开朗的笑脸，绝不会说出“是我自己不好”之类的话。

他可能算是“吵架的终了”的名人吧。

但是，如果把吵架的终了导演成使男性对象执拗地在心理上难以对付，而以此为乐，把这种做法当成女性莫大的乐趣之一的话，那么把这种男人完全当作对象角色来看待，恐怕可以说是美中不足的演员吧。

十三　个性的终了

在美容专栏里，经常可以看到诸如此类的话：

“发挥你的个性美吧！”

所谓个性，是用起来很方便的语言。这种文章的真意无非就是“发挥你那扁鼻子的魅力吧”，或是“灵活运用你那又短又粗的腿吧”这类意思，仅此而已。

“A 子小姐长相怎么样？”

“是个颇具个性魅力的女性。”

这些话的言外之意，自然而然地隐藏着“虽然绝不是一个美人……”这样的意思。

对画家说：

“你的画的确很有个性。”

在很多情况下，这种苦涩的赞美词是隐藏着这样的意思：“虽然你没有太大的才华……”

尊重个性，是随着19世纪浪漫派的勃兴，以及此前古典派的衰退而开始的。在这之前，个性之类的语言，一向不成为赞美的语言。从那以来，开始了“美的民主化”时代，人们从而获得了主张拥有各自的美的勇气，诸如扁鼻子和又短又粗的腿之美等。

只有希腊雕刻的阿波罗和维纳斯，才是美男美女的代表。这期间，美完全是特权的、贵族的东西，世上百分之九十九的人都不能沾上美的光。现在阿波罗和维纳斯的脸，成了没有价值的脸的代表。因为阿波罗和维纳斯没有过大的鼻子和过小的眼睛，它们拥有的一切都是那么恰如其分。因此，这令人感到厌倦。

这种风潮不仅表现在脸上，而且还波及风俗、社会、艺术以及所有方面。毕加索所画的女人面孔，虽然不是比目鱼，然而却在侧脸上画了两只眼睛。高迪〔高迪（1852—1926），西班牙建筑师〕的建筑，看似是糖做的手工艺品，软绵绵地歪扭着，尼迈雅所建的巴西文化部大楼怎么看都像是一家带舞厅的酒馆。

所谓个性是什么呢？

那就是知道自己的缺点，并将这种缺点突然转变，转化为优点。如果自己的鼻子过大，就要不断奋斗，努力改变世人的看法，直至他们认可“再没有比大鼻子更具魅力的了”。

动不动就去美容院的人，是没有个性的，他们最终是会感到为难和内疚的。走进理发馆，出示阿兰·德隆的照片，对理发师说：

“喂，请照这个发型理。”

不管怎么说，这也是个没有个性的人。

但正因为是人，对斗争总会有厌倦的时候。如果是有绝对胜利把握的斗争还好，倘若是总也看不到胜利前途的斗争，就会对自己的个性产生怀疑。所谓个性，就是自己与社会之间永恒的斗争。比如像黛德丽那样，以她那张丑女打哈欠般的脸风靡一世，自然是不会成问题的。可是，并不是所有人都有信心走到那一步。

这时，人们就想抛弃个性这种东西。发誓一生忠实于过大的鼻子，并且为了让人们承认这种鼻子的美而继续战斗。反过来说，这种现象等同于将自己的一生绑在自己的自卑感上。如果个性与自卑感是联系在一起的东西，那么把这双方全都忘却掉该是多么轻松啊。滑稽的是，在人们的心里存在着一种“我想与众不同”的心情，与“我希望与大家一样”的心情，总是在不断地斗争。

于是，在社会上大肆流行的东西里，尊重个性的背后就一定交织着抹杀个性的愉悦。在男青年之间大为流行穿美国大学生派头的、三个扣的瘦长西装，这与过去的黑色金扣制服相比，乍看似乎很有个性，但大家都穿着时，这就像在“希望与大家一样”这种欲望的驱使下才穿着的，于是这种穿着也就化成一种制服了。

说实在的，也许所谓美不是像阿波罗和维纳斯那样的东西，而是平凡而普遍的东西。比如：青春很美，肌肤很美，眼睛很美，头发很美。这些是谁都能均等地获得的美。但是，当行将丧失年轻的时候，要么为了紧紧抓住美不放而好生装扮成年轻的样子，要么放弃美而寻求表现个性，二者只能择其一。

一些非美男非美女者，从一开始就主张尊重个性主义。他们上了年纪也容易生存下去。然而，那些绝对的美男美女一旦老矣，就惨不可名状，活像没有带上个性的救生圈被抛进大海里一样。看来再没有比年轻时大受欢迎的电影女演员和英俊男演员到了老境更寂寞凄凉的了。

所谓人生，是不带救生艇或救生圈就出海航行好呢，还是从一开始就依靠救命工具起航出海好？这是人生的难题。

于是，指导人生问答者便忠告说：要成为一个有教养的人，就要积蓄内在的美。然而，所谓美，本来就是外在的东西，被人挥霍的东西，理应不是可以储蓄的东西。迄今我还未曾遇见过由于读破世界思想大系的书，就可以承其恩惠而变成美人的。

我的人生训条是：如果女性对个性感到厌倦，不妨进美容院；男性对个性感到厌倦，不妨去当警察穿上制服好了。但是，千万不要从年轻的时候起就模仿那种小气鬼为了将来而准备好“个性的救命工具”。我不喜欢极力坚持认为“我的大鼻子具有魅力吧”之类的女性，相反我更爱由于自己的鼻子不符合美的规格，而感到绝望并诅咒人生的女性。因为这是“活脱脱”的。可不是吗？人若死了，骸骨上的鼻子之大小高矮就不成为问题，因为骸骨都是一样的，这才真正是个性的终了。

十四　正气的终了

有一回，一名大学生上学途中，发现平日时常相遇的女子高等学校的女生，惟独在这一天，在彼此的目光偶然碰撞的一瞬间莞尔一笑了。

初夏时节，车站前的马路上，街树的绿叶也显得光洁可爱。她那瞬间的微笑，在旭日中，活像一朵白花，光彩照人。

学生想象着，我似乎爱上了她，她是不是也在喜欢我呢？这一天，他整天地沉湎在幸福感中，即使在听课时也心不在焉。他琢磨着，有什么办法才能打听到她的姓名和地址呢。（至此，他确实是正气的）。

但是，这名大学生怎么也鼓不起勇气同她搭话。这样一来，剩下就只有隐蔽在她回家的路上等候并尾随她的办法了。

其实，带笑地上前跟她搭话这种做法，反而显得更加自然。可是，没有勇气的男性，往往容易选择不自然的行动。

他在车站周围消磨时间，急切地等待着她从车站上走出来的姿影。直到第三天，好不容易才看见她同朋友们一起从电车上下来，在站前挥手告别的身影。学生的心扑通扑通地跳，他和她保持约莫 10 米的距离，悄悄地尾随着。路上行人逐渐稀疏，他心急如焚，担心她是不是已发现有人在跟踪她。他终于确认她走进了一座带白色木栅栏的住宅的小门。看了看名牌，上面写着一个“林”字。学生心满意足，踏上了归途。

（至此，他确实是正气的。）

从这天晚上起，他开始了缜密的调查。他作了种种思考，如何才能了解到她的学校和名字。为了了解她上哪所学校，下回跟踪她上学就行。这天，他比往常早起床，在车站的周边等待着她上学，暂时把自己上大学的事抛在一边，彻底查清了她的高等学校。下回，只要在学校放学时间，在校门附近守候就行，这样多少会轻松一些。她叫什么名字呢？是花子、琉璃子、小百合、道子、佳子……他脑海里浮现出许多名字，但总觉得哪个都不适合她。

终于有一天，他有意让她先走过去，然后向随后出来的一个像是她同班同学的女学生打听她的姓名。采取这个行动，算是大胆的了。

“哟，你是问向对面走去的那个人吗？她叫林和子。看来你很迷恋她啊！”

女学生们哈哈地笑了开来，他立即离去了。关于他的事，可能确实已经传到她的耳朵里了。

（至此，他的确是正气的。）

回到家里，学生给林和子写了一封长达 100 页的情书，但又把它全部撕碎了。最后又写成一页纸的简短的信，打算在她走出校门时就亲手交给她。于是，他就将这页信装在信封里，把信封封上。

他舔了舔带有甜味儿的干胶的信封口，这时候，他的心情就像第一次同她接吻一样。

第二天清晨，他终于要实现这个行动了。他在她家门口等候，她走出来时，他突然像亮出匕首似的，用颤抖的手将带棱角的白色信封，递到她的面前。她接受了，但却吓得睁大了双眼，又跑回家里去。害得他在门外白白地等待。不大一会儿，她和父亲一起走了出来，她父亲冲着他大喝了一声，他仓皇失措地逃走了。

（至此，他确实是正气的。）

那天，他没有心思上大学了。

他整天待在家里，陷入了沉思。他觉得她确实有意思，可是为什么要采取这样残酷的行动呢？

羞怯的学生遭到她父亲这么喝令，受到了强烈的冲击。他心想，既然她那样地爱我，为什么要采取这样的行动呢，毫无疑问，她肯定是以为我背叛了她。

她肯定是以为我另交了女朋友，为了报复我，才让她父亲来侮辱我的。好吧，既然已到了这步田地，我就堂堂正正地给她邮去一封证明我此身清白的信。

（啊！正气的烛光已经在摇曳。）

对方没有回音，他拼命不断地写信："我绝对没有背叛对你的爱情。在这个世界上，我惟一爱的就是你。"

"传说我有一个情妇，是酒吧女招待，只不过是你班上的同学为了离间我们的关系而捕风捉影地捏造出来的谣言罢了。"诸如此类，每天密密麻麻地写 15 页的长信，并且是连续不断地写。

（正气的烛光快要熄灭了。）

他总也等不到回音，突然对她的执拗（！）感到愤怒，他觉得不能再忍受如此束缚和干涉他的自由了。于是他决心找她的父亲，堂堂正正地谈有关分手的事。届时，他要将全部的真情实况都抖搂出来。

"你家千金迷恋上我，每天打电话来，实在烦人，真吃不消呀。她还一个劲地寄礼物来，这还算是好的，昨天还寄来了一盒东西，本以为是一盒巧克力，可是打开盒盖，盒子里竟跳出了上百只小鼠，给我全家添了大的乱子，你看怎么办吧。”

他就这样提出抗议。

(这是正气的终了。)

……

正气终了、狂气发作时，最可怕的是这个世界的外观依然如故。

车站前面有一家香烟铺，街树的绿影投在这家香烟铺的红色电话机上。世上的一切，平安无事。在这个没有任何变化的世界上，惟有他“遭受困扰”而落入万分苦恼的深渊。

正气的世界，犹如游泳池上的跳板的一端，那个地方很危险，但并不是终了。

他在一条寂静道路上，在一个阒寂的大街的十字路口，宛如蜉蝣一般轻快而迅速地消失了。你没事吧！

十五　礼仪的终了

礼仪这种东西，从根本精神上说，无论是东方的还是西方的，都没有太大的差别。但它的表现方式不同，表现形式千差万别。在西方的细节成规，十分烦琐，读西方礼法的书籍也就非常麻烦，实在令人头痛。

最近妇女杂志等，纷纷介绍了西餐礼仪、晚会礼节等等。在我看来，这些只不过是一些细枝末节的问题，而关键的问题却似乎被忽视了。

其中之一，就是晚会的秘密性。

提起晚会的秘密性，人们也许会联想到性爱晚会或观看黄色电影晚会，绅士淑女们身系地位和名誉前来参加，其秘密性就必须得到重视。

在日本，文娱界人士为庆贺乔迁新居之喜，请来了许多人，为了在电视和周刊杂志上宣扬，让人拍照，大作实况广播，甚至在火车站前特别设立公共汽车停车场，包租公共汽车往返于会场与火车站之间。这是没有什么私生活可言的文娱界人士的作为，而不是一般晚会的原则。

从常识角度来说，当你应邀到主人家里，当着其他客人的面，寒暄道：

“啊，今晚承蒙邀请参加晚会，非常感谢。上周已经得到过你的邀请，今晚又再次应邀参加，真不好意思啊。”

这时，别人会怎么想呢？

人家心里一定会这样想：

“这家伙真是装腔作势，分明是在卖弄他和主人的特别亲密的关系嘛。我同主人的交往已有半年之久，今天才第一次受到邀请到他家里来。”

因此，不要在人前说这种话就没问题，这是晚会秘密性的原则，“上次承蒙……”之类感谢的话，绝不在下次再说，这是西方式的礼仪原则。“上次承蒙……”之类的感谢话，在第二天挂个电话表示表示就算告一段落了。

在其他的场合，在其他众人在场的场合，如果说了诸如“哦，昨晚我应邀到X家里，在座的还有A先生、B先生以及C先生，是一次相当豪华的晚餐会啊”这类话，就一定会让在场的X先生的熟人，或者没有被X先生邀请的人，心里感到不舒服。这番讲者无心的话，说不定还会恶化他同X先生的个人关系。而且这种话如果不是出于过分天真，那就肯定是出于虚荣心，说话本人的价值就掉价了。就是说，因为这番话证明他觉得受X先生的邀请，是多么光荣。假使他不是说“真是一次相当豪华的晚餐会”，而是背后说别人坏话“真是一次令人感到厌倦的晚餐会啊”，其效果也会是一样的。别人当场就会识破你的无聊，觉得你无非是想显示一下自己比X先生更精明。这也是属于“晚会的秘密性”的常识范畴。

在外国，不重视晚会秘密性的人会被打上势利小人的烙印，为大家所不齿，自然会作为不懂礼仪的人而被逐出社交界。然而在日本，对此并不看得那么严重。其原因之一，大概是由于被邀请到家里来做客的这种社交性意义，在日本是很淡薄的关系吧。

我在现场曾看见过这样一种情况，日本一位著名的大知识分子，无所畏惧地破坏了这种礼法。

事情发生在一次外国大使馆的豪华晚餐会上，在长达一个多小时的餐前酒的交谈结束之后，客人被请进餐厅，各就各位落座，这时餐桌上烛台的灯辉煌灿烂，饰有家徽的装饰碟上的金色闪闪发光。在晚餐会这一重要的瞬间，日本人Q先生大声对外国人L先生这样说：

“哦，L先生，前些日子承蒙你邀请我共进晚餐，我没能出席，实在失礼啦。因为突然有几件急办的事，难以分身啊。”

听他这么一说，我不禁愕然，幸亏L先生在日本人中久经磨炼，适时巧妙地搪塞过去，客人已就座，正在开始用正餐。

这是餐桌上的犯罪事件，礼仪的终了。为什么说是犯罪呢？因为第一，Q 先生在众多客人的面前破坏了晚会秘密性的原则；第二，他还公开了自己拒绝对方的邀请，故意丢了 L 先生的面子。如果这番道歉的话非说不可，那么 Q 先生大可在一个多小时的餐前酒的富裕时间里，抓个机会在没有旁人听见的情况下，单独同 L 先生低声地说才是。再说，在今晚的餐桌上，Q 先生最好权当一概不知那么回事。Q 先生在外国生活了好几年，究竟在外国都学了些什么？实在令人怀疑。

有人一见面就想说“昨天 N 先生邀请我去柳桥啦”这类的话。

但是，柳桥等旧花柳界的老规矩是，艺伎绝对不能泄露在别的时间陪过的客人的事情，这自然也是符合西方的“晚会的秘密性”的原则。不过，一般地说，秘密总是从好夸夸其谈、爱虚荣的客人嘴里泄露出来的。

外国的报纸也有社交栏的报道，详细而琐碎地报道社交界的活动、招待客人的名单、出席女士的服饰等等，但这只限于事前得到出席者和主人同意的公开晚会，把它看作类似宫中赐宴的小型版晚会是不会错的。

即使不被邀请，谁也不会有意见的晚会，则另当别论。一般地说，任何人对晚会都有这样的自信：“我有资格出席。”因此主人方面就得煞费苦心地不邀请这种具有自信的人参加。

十六　相亲的终了

相亲结束时，我的寒暄都说了些什么呢？我的相亲是很早以前的事，早已忘却说过什么话了。

“再见。”

这句话听起来像是解除婚约似的。

“一路平安。”

这句话听起来像摆上流派头，令人讨厌。

“下次再见吧。”

这句话听起来有点强加于人的味道。

“那么，改日再……”

这句话听起来会让人觉得漠不关心，冷冰冰的。

“晚安。”

这句话听起来会使人产生某种异常的联想。

“那么，告辞了。”

这样，也许还说得过去，可是也显得过于生硬。说不定默默地行注目礼，这是最好的选择。

不管惬意也好，不中意也罢，相亲是件严肃的事。因此结束时，双方都会感到如释重负。彼此运用一些敬语以炫耀自己的教养和文雅，男女双方都若隐若现地显示一下自己的高雅的调皮。比如男方显示自己的一点野性，犹如菜肴内添加一耳挖勺儿洋芥末的程度；女方显示自己的娇媚，宛如佳肴里撒上一点味精，彼此的话题也应该挑选些诸如钢琴啦、网球啦之类，具有苏打水般的味道。这样，结束时的解放感也就顿觉倍增了。

然后，女方的人又转移到茶室或别的什么地方开品评会。如果媒人古板，作为当事人的小姐有些话也不敢大胆地说；如果媒人亲切而又随和，那么小姐也可以在父母面前任意地说话了。

“怎么样？中意吗？”

“什么呀，他的鼻子像老鼠嘛，不是吗？”

“男人的价值不在脸上。”

“这样的话，相亲不就毫无意义了吗？”

“可是，如果只对他的鼻子不满意的话……”

“那人的谈吐显得有点不干净。说什么‘我是在职的人呀，自己作为一个职员呀’，话中的‘呀，呀’声，真叫人讨厌，就好像是在车站候车室里刚落座下来，衣服就粘满了人家吐出来的口香糖渣那样的感觉。”

“说的也是，真有那种感觉。”

“你这么说，看来就不行了。”

“其实，其他条件是不错的。”

“人不能光论条件嘛，又不是样品。”

“哎呀，哎呀。”

……就这样，某君光荣落选了。说不定有可能成为在同一屋檐下共同生活半个世纪的这两个人，没有握手，也没有接吻，就这样再度成为路旁的陌生人。

落选者无论是某先生也罢，或某小姐也罢，对他们来说，所谓相亲都是一场相当残酷的考试。这场考试，如果是学校的期末考试，纵令落第，也能找到“因为学习不用功”这样的理由，可是相亲的场合，如果整体评价落第，大都受主观印象所左右，简直不知从哪里埋怨起。但是应该说，人类主观的核心是“直观”，而“直观”这种东西有时却意外准确地命中要害。因此，人的相亲宛如挂着记录血统牌子的狗或猫的相亲一样，它的基础是建立在人类的动物性本能的正确判断上的。

正因为如此，如果遭人讨厌还舍不得撒手，那么就再也没有比这更不体面的事了。如果它像恋爱那样，开始喜欢后来又讨厌的话，则另当别论，因为相亲是凭借瞬间的判断来决定好恶的，如果遭到嫌弃，就要有这样的思想准备，从此以后，彼此的关系比一般的陌生人更要疏远。

凭长相、体态、谈吐，就包含一切地作出判断，是“喜欢”还是“讨厌”。这种现象，作为人与人之间的关系来说，是最凄怆、苛刻不过的事。绝不是就职考试所能比拟的。因此，相亲的结果，决定拒绝时的答复是相当艰难的。为了不伤害对方，这方就得绞尽脑汁。

“他本人也说过，你家小姐真不错，在校学习成绩太优异了，而他本人的学业成绩则平平，实在不好意思，他没有信心带领如此优秀的小姐，虽然这作为一个男人来说，未免太没有志气了。不过……”

（言外之意是：“不喜欢她那炫耀知识的态度。”）

“哪里呀，对X子来说简直是她的造化，论风度，论门第，论教养，少爷都可以说是无懈可击的，不过这反而如常言所说：‘不合正是没缘分的根源。’对方太完美，自己反而想撤回了，我家姑娘终究是个不才的人……”

（这里的意思肯定是：“摆名门派头令人讨厌。”不然就是“不喜欢对方年轻秃头”，这是从肉体上考虑的意思。不然，就没有必要特意极力赞扬对方的风度。）

“J小姐，不论是家庭的教养，还是善良的秉性，都是无可挑剔的，无奈R太郎是那样一个性格懦弱的人，我们希望找一位性格坚强、有男子气概的姑娘，把R太郎带动起来……”

（这番话的意思显然是在说："J 小姐长相不美，所以没有相中。"）

……这些社交性的美词丽句，是试图汇集褒义的语言技巧，以抵消相亲场合的苛刻法则的负面影响，哪怕是把这种负面影响拉回到原先的零的状态也好。这么一说，对方的理性、门第、家庭教养、女人味儿等等，就可以不受伤害，把事情了结。毕竟女人被人刁难为"太女性化"，也未免是一种没词找词的做法。

于是，在人生的大海里，男女双方便分道扬镳，各奔东西。

倘使相亲成功，"相亲的终了"就不仅是单纯的动物性判断的终了，而是从此作复杂的人类的判断，开始结婚生活了。

十七　宝石的终了

像宝石这般纯而又纯的东西，比如钻石，是一种可怕的硬质的物质，任何东西都不能损伤它，这是真不可思议的。

人类心灵的纯洁，一定会受到伤害，受到污染，它的"终了"一定会到来。这是众所周知的现象。人类肉体的纯洁，早晚也一定会受到伤害，受到污染，迎来它的"终了"。

难道可以说这只是动物与矿物之差吗？比起钻石来，所谓人类的心灵和肉体的纯洁，往往显得脆弱、纤细和无意义，不是吗？至少其纯洁度比不上钻石，其本质没有钻石那样的坚硬，不是吗？这种现象本来就像是盲肠一样，已经是无用的器官，不是吗？不然，自然就没有必要如此不公平地对待人类和钻石了。

……但是，人类总是憧憬自己所没有的东西。例如，没有终了的纯洁，没有终了的美的结晶，刚强的、任何东西都伤害不了的坚固的纯洁……这就是人们珍视钻石的道理，可能也是世间掀起宝石热的心理性根源吧。在可以用金钱做交易这点上，钻石同妓女是一样的，但没有听说钻石失去了处女的贞操。但是，人类由于执迷钻石而失去贞操的故事则是听说不少，犹如扫掉的垃圾那么多。想把这种现象表现得更美的话，也许可以这样说，人类舍弃反正早晚都肯定会受伤害的纯洁，而购买了永远伤害不了的钻石的纯洁。

那么，失去宝石，人类将会失去什么呢？

各种小说和电影经常出现这样一些场面：在欧洲，俄国的逃亡贵族，一点点地出售宝石以维持生活。在日本，也曾有过这样的传闻，战争期间有人把许多钻石藏在雪花膏里从外边带了回来，以后的 20 年就靠变卖这些钻石来维持生计。

也可以说，这些人是卖掉了永远伤害不了的纯洁和美，以换取每天的食粮，也就是每天需要消耗的食物、衣服、居住费用和交际费用等等。他们失去了永恒的东西，却获得了每天不断消耗的现实的费用。想来这种现象并不限于亡命贵族，一般人的普通人生都是一样的。

摆在人们眼前的是：宝石与生活之间的奇妙关系。钻石虽然拥有财产的价值，但是钻石本身并非可以果腹食用的东西。它没有营养，就算作为服饰品也需要相应像样的服装搭配。因此，只拥有钻石，派不上什么用场。或问，那么它是不是同金钱一样呢？它同金钱不一样，因为它本身是高贵的，它拥有罕见的美，它本身就是美。

而且，这种永远伤害不了的纯洁，是一种无贞操的固体物质。宛如蝴蝶从一个有钱人手里转到另一个有钱人手里，自己丝毫也不污秽，裹在棉花里受到珍惜的对待，但它一概不感恩，钱尽之日便是缘尽之时，它会立即同这个持有者分手而转移到另一个持有者手里。宝石本身，既没有生，也没有死，从而也没有终了。

人类对这种存在的梦想是无穷无尽的。

……人世间极其罕见地存在着酷似这种宝石的少女。

人，把伤害别人的心不当回事，自己丧失纯洁的危险也就少。在很多情况下，女人之所以丧失纯洁，很多情况下是因为心地善良和人道主义所导致。

她的心像钻石那样坚硬，因此接近她的男人的心都受到了伤害。

不论带她上最高级的餐厅也罢，或给她买水貂皮的外套也罢，她都绝对不会愿意说声："真过意不去，把身子给你吧。"社会上有这种古怪的男人，他给女人馈赠高级的礼物，只要女方因此而略表示"真过意不去，一起上床吧"之类的意思，他当场就厌恶起来，世上就有这种拥有奢侈趣味的男人。不过，女人有一种不可思议的直觉，能够死死地抓住这种男人的心，绝不放过最后一个。

作为精神性的娼妇，她深深懂得处在势力均衡中的好处，所以她不会对某一个男人奉献她的贞操，而均衡地操纵着几个男人。无节操本身，就可以若无其事地爽约。谁都抓不住她的诚实，谁就会越发激动。

她是世间罕见的美少女，求爱者源源不断，她可以搅动人们的征服欲望。也许有些坏男人会毫不吝啬地把她当作钻石卖掉。不过，对别人给她标多少的价值，她都佯装不知，只顾顽强地继续守住自己的纯洁。

她绝不、绝不、绝不爱任何人。她只想作为一种纯洁的透明的结晶体，君临在众人之上。

“因为我是宝石。”

最后，她内心对此深信不疑。

但是，一天晚上，她一不小心，对温存体贴、别无所求的大财主丧失了警惕，大财主在她的酒杯里放进了安眠药，她在昏睡中被彻底玷污了。

我从来没有听说过钻石会在昏睡中被玷污这类的故事。为什么呢？因为钻石百夜千夜都毫无睡意，睁着闪亮的瞳眸，从不放松警惕。即使它身在铺着天鹅绒的盒子里，也总是睁开着眼睛，闪烁着冷艳的光芒。

她毕竟不是钻石。她的宝石就此终了。她整个化成了平庸的女人。

那么，人类就不可能像宝石那样永远保持不会终了的纯洁吗？以男性为例，我们会马上联想到勇士们要保持住人类像钻石般的纯洁，就只有纯洁的死。

十八　工作的终了

我们小说家的工作，的确是一种郁闷的工作。它与热热闹闹聚集在一起创造的集体艺术（比如戏剧、电影和电视等工作）不同，小说家有一个优点，就是可以随心所欲地工作。不过，如果让任何人都能随心所欲地工作，那么他们反而会不知何去何从，其难度是不言而喻的，这同魔术师要凭空变出一朵花，就必须在没有任何东西的地方创造出点什么东西来一样。

提起小说家，人们从来就认为他们是神经质的、消化不良的和歇斯底里的。到了截稿日期临近，而创作的构思还没有厘清时，他们或是外出乱搞男女关系让妻子感到头痛，在家庭中的小说家，有的还算可以，有的则会掀翻矮脚食桌，怒斥道：“这么难吃的东西，可以吃吗？”顿时弄得铺席上全是生鱼片、菜肉蛋卷，杯盘狼藉，呈现出一派惨状。不管怎么说，冲着人家出气，这毕竟是一种卑怯的态度。不过，这正表明他在试图解决自己内心的焦躁。应该说，像我这样温文尔雅的小说家，完全是个例外的存在。

仔细地想，小说家究竟有什么思想上的烦闷，以致如此苦恼呢？他原来是为了不知怎样描写女人的脚脖子才更具女人的魅力之类的问题所折磨，因此可以说，小说家对社会来说，简直是个有害而无益的存在吧。

这种情况在女作家身上又是怎样表现的呢？她们表面上不露声色，体内却在急剧运转，连胃壁心壁都变得干燥粗糙了。我一想到女作家，不论她们是个多么标致的美人，打扮得多么美，她们写小说，她们体内将会变得多么干燥粗糙。这时候，我就感到害怕，她们无法接近自己。幸亏人善于自然的平衡，首先似乎有百分之九十的女作家会照顾自己的肌肤，不使自己体内变得干燥粗糙而从事自己的工作。

像林芙美子这样的女作家，是否应当列入剩下的那百分之十里呢？

读了她信笔书写的“花儿的生命是短暂的”等句子，不免令人怀疑她是属于百分之九十里的。但是，她晚年的作家生活真是惊人，生活上是荒废掉了，但却源源不断地写了相当好的短篇。

不知在哪篇东西里，她写了这样的一句:

“工作终了的早晨，有一种什么男人也不需要了的感觉。”

这句话留在我的印象里。如果这句话用在男作家身上，就应该换成“什么女人也不需要了”吧。不过，应该说“什么性爱也不需要了”，就可见其人生是多么充实。人类就是这样的一种动物，即使获得九十九的满足，还剩下的一分也要追求性爱的愉悦。

于是，要测定工作是否有了真正的充实感，也许“什么性爱也不需要了”可以成为一种基准。

“嗨，写完一篇小说，就该寻求性爱啦。”说这种话的人无疑是个三流作家。

当工作把所有的热能都燃尽时，肉体达到了极度的疲劳。但是，映现在眼帘里的一切，诸如阳光、树林的绿色，似乎都在为我合唱“工作的终了”之歌，浑身充满了幸福感。这时候，如果有人说“我爱你！”这简直是一句自己不希望听到的蠢话。为什么呢？因为此时此刻，自己受到全世界所爱，自己也爱着全世界……

当然，这是一时的感情。半天过后，可能又想要性爱了。如果此后变得永远不要性爱，那么可能也就写不出下一部作品了。在人生的道路上，能够超越“工作的终了”时所获的感动、充实感和解放感的人，恐怕不多吧。

……就说工作吧，也有各式各样的。

5 时下班时间，公司女职员络绎不绝地走到高楼林立的大街上。

“工作的终了，确实是如释重负。不过，没有什么特别的解放感，也没有‘啊！真痛快’的感觉。”一个在石油公司工作的 22 岁的女职员说。其他的女职员也你一言我一语地说开来：

“我走出了公司大楼，才有‘啊！工作终了’的感觉。”

“在跟男同事们告辞说‘我先走啦’的时候，我才……”

“暑假之前，或连续假日之前一天，回到家里时，我才有‘工作终了’这种感觉。”

“一到夏天，室内和室外的空气不一样，不是吗。一走到室外，顿觉‘啊！工作终了，可以松一口气啦’。”

当然，下班后的约会，几乎不是当天匆匆地决定下来的，有约会的话，工作的干劲也就不一样。

“与朋友有约会时，自然想早点把工作做完，因此约莫 4 点光景就将事情办妥，可是全都收拾干净也不好，最后桌面上只留下随时即可收拾的笔记本、用具和印章。下班时间一到，就可以一下子把这些东西收拾好。”

过去，我曾学习过马术，懂得对马怀柔的方法。只用方糖块引诱就成。如果是最初骑的马儿，骑过后喂点方糖块，第二次骑时也记着这样做，马儿就会以为今天只要听话就会有方糖块吃，于是它就会很听话。有人说：“工作就是一种嗜好。”不过，真到那份上，工作和方糖块就将成为同样的东西。人与马儿不同，如果这样不行，人会知道自己给自己方糖块的手法。

为了获得工作之后的方糖块，人就会勉强自己去努力工作。这时候，方糖块与工作转换了位置，人生仿佛就成了为“工作终了的方糖块”。

这就是所谓的人生派。夏天傍晚，天还很明亮，打扮漂亮的公司女职员们从公司所在街区的办公楼里纷纷走出来，都挂着一张渴望得到方糖块似的面孔。她们虽然对迄今 8 个小时干下来的事是不是工作，也不太明了，不过，如果没有方糖块，她们是受不了的。

十九　梅雨的终了

中央气象台每年都宣告进入梅雨季节，或梅雨季节的终了。不过，至少今年已经取消了“宣告进入梅雨季节”。人们一边仰望下着霏霏小雨的天空，一边抱怨说：什么“还没有形成梅雨”嘛！他们终于对气象台的“宣告”感到失望，对声誉不佳的气象台的“宣告梅雨的终了”不相信了。果然，气象台郑重其事地宣告什么“梅雨的终了”当天晚上，雨又静静地淅淅沥沥下了起来。这霏霏小雨，足足持续下了一周。这种尴尬的丑态，只会降低气象台的信誉。

梅雨对于农作物是不可或缺的，但却使城里人感到厌倦，仿佛梅雨让脑子里都长了霉似的。然而，它又奇妙地成了一个阴暗的官能性的季节。永井荷风的《濹东绮谭》选择了梅雨的季节是不无道理的。从象征沉郁的性欲角度来看，它与夏季那爽快的性欲不同，可以说是个再好不过的季节。

阴郁、苦闷、不愉快、优柔寡断、怨恨和辛酸，哭诉苦衷……诸如此类，恨不得让它们早早消逝。但是，梅雨总也不愿终了。它分明知道远方那明晃晃的夏季蓝天急切地等待着来访，可却偏偏持续多日，怪阴森森、潮乎乎的。梅雨季节那种令人焦躁、令人郁闷的势头，是日本独特的。南方热带地区的雨季，则是属于豪迈的急风骤雨的季节。

“虽然期盼着令人讨厌的景象早早消逝，可它总也不终了，只好等待，别无他途。”这种日本式的人生观，难道不正是梅雨所培育出来的吗？再往更阴暗里说，这种人生就成为“这个令人讨厌的上司（或者令人讨厌的丈夫，或者令人讨厌的妻子）简直让人受不了，不过，除了期盼着对方有朝一日死掉之外，别无他计可施”。

人们都说日本社会是个讲人情世故的社会，不过，在乍看最人情世故的地方，就更潜藏着彼此“除了期盼着对方有朝一日死掉之外，别无他计可施”这种梅雨式的社会感情。阴郁、苦闷、缠绵不休、脚板发黏、脊背发痒。在乍看很明亮、很现代的公司办公楼里，在美国式的带厨房的起居室里，也潜藏着这样的人际关系。

梅雨，也是个蛞蝓的季节，在日本也有许多蛞蝓般的人物。他们希望梅雨季节早日终了，他们加入共产党，即使试图宣布明天即将发生革命，却也如同“宣布梅雨季节的终了”一样，为当天晚上下起雨来而感到沮丧。日本还是任何事物都听其自然发展，顺从自然，不要发生革命和宫廷政变为好，因为这样一来，梅雨总有一天会终了。这种蛞蝓般的人生观也就将会这样产生。

大体上说，日本政府就是蛞蝓般的政府。美国对亚洲的雨季经验不足，陷入了不知继续到什么时候的越南战争，宛如身心陷入漫长梅雨期里，弄得筋疲力尽。生活在几乎无雨的加利福尼亚州的美国人，恐怕也未曾见过蛞蝓的样子吧，也肯定不知道同蛞蝓战斗的最有效的招数就是运用盐吧。

在日本，恋爱也是梅雨型者居多，静静地淅淅沥沥下个不停，不知何时了。这方默默无言，可是对方却一再说：

“我爱你！”

“我爱你！”

“我爱你！”

“我爱你呀！”

宛如檐端的雨滴，当这方试图提出分手时，对方就会前来控诉这方不履行婚约。这样的女性，并不都是恶意的，有些人的体质易于自我催眠，犹如每天下个不停的雨，在不断重复说“我爱你”的过程中，似乎逐渐地产生了某种错觉：自己的耳朵里仿佛听见对方在说“我爱你”。冲着这样的女性，如果让她突然碰上“宣告梅雨的终了”这样的场景，当天晚上恐怕一定会掀起狂风暴雨，局面就难以收拾了吧。

自然是沉默的。自然只显示事实。自然绝不“宣告”什么。

宣告什么事的，肯定是人类。诸如“宣告禁酒”“宣告离婚”。如果凭人类的意志可以决定的事还好，但像“宣告梅雨的终了”，企图以人的意志来制约自然的行动，当然就难以行得通了。

从人类的角度来说，有人接近自然，也有人远离自然。明知不好，却欲罢不能，这种人属于前者。知道是不好的事，就运用意志和力量使自己绝对不干，这种人属于后者。大体上说，人类的百分之九十九属于前者，剩下的百分之一属于后者。这么想，大概不会错吧。

这意味着人类也是自然的一部分，受自然的制约，自己体内也拥抱着自然。从“宣告禁酒”的当天晚上又喝起酒来，诸如此类的事，那是自己体内的自然在开始喝酒，“宣告”是不起什么作用的。在这点上，它与中央气象台是一样的。尤其是谈到对方的某次“宣告离婚”等自然的作用更加倍地复杂化，吵吵嚷嚷着要分手的夫妇总是难以分手的。

斯特林堡的戏剧《死魂舞》中，描写互相怨恨又互相爱慕的、郁闷至极的大尉夫妇的对话，是这样开始的：

大尉：弹一首曲子给我听听好吗？

阿丽塞：（虽没心思但也不厌烦）弹什么曲子呢？

大尉：弹什么都行。

阿丽塞：我弹的曲子，你大概不会喜欢吧？

大尉：那么我做的事，你大概也不会喜欢吧。

阿丽塞：（避开话锋）门就让它敞开着吗？

大尉：如果你愿意的话。

阿丽塞：那就由它去吧。

……于是，这种梅雨般的漫长的夫妻生活，只能以大尉的死才能宣告终了。

二十　英雄的终了

前些日子，在某周刊杂志上看到了一张照片，还报道说：众所周知的东洋魔女——日纺女子排球队主将河西昌枝，作为家庭主妇专心致力于家务，夫妻和睦相处。这情景，的确引人产生会心微笑的感觉。她是近来罕见的“女英雄”。

当然，观看著名的奥林匹克运动会胜利夺冠之战，我不是把她当作英雄来看待，而是把她看作是一个非常机灵、非常聪慧的女主人。关于她，我当时的文章是这样写的：

“她（河西选手）站在前排时，活像水鸟群里高出一头的水鸟指挥者，双眼紧盯着敌营，系结起来的后发纹丝不乱，冷静地伺机攻敌之空当。球一到她手里，她一定能够得心应手地轻轻传了出去，从网上直落命中敌营的空当。

“河西是一位出色的女主人，众多客人中哪位客人的杯内空了，哪位客人还在埋头品尝菜肴，她都看得一清二楚，指挥属下的侍者们每一瞬间都给客人以最佳的服务。苏联队赶上这场厉害的无懈可击的盛宴，弄得一个个队员都筋疲力尽了。”

如今这样一个她，已成为家庭主妇。这位女英雄等待着丈夫的归来，精心准备好晚餐，在厨房里表演旋转接发球的妙技，在世人看来，她过的是一种蛮幸福的生活。

当然，我不会说她内心不会留下对奥林匹克荣光的惋惜。不过，作为一名女性，她现在体味着十足女性的幸福，我也会毫不踌躇地接受了这样的一个她。

就是说，曾经是英雄的女性回归到女人了。无疑这是“英雄的终了”，但却也是“女性的开始”，不久还是“母性的开始”。她拥有“生为女人”这样的一个故乡，这只是她回归故里的故事而已。这完全是女性的特权，一旦紧急，一下子就能回归女人，这只能说是不好意思啦。女人的战斗，是确保根据地的战争，没有必要布下背水一战的阵势。即使是英雄时代的终了，也没有丝毫凄凉，还成为另一种意义上的辉煌的存在。

世间不全是像河西这样的好例子，还有也可以说是坏的例子，比如有位理智的女性，平素颇为人所信赖，一旦闹分手时，立即变成一个怪女人，回归到一个普通的女人，摆出一副绝对不败的架势。

事情发展到这一步，男方就很惨。对于一个英雄事业业已宣告终了，人却尚未死的男人来说，往后的日子，不过是“余生”罢了，为什么呢？因为男人是个英雄，才不愧是个男子汉，就是说，像正是布下了背水一战的阵势，因此，从某个时候起，他不再是英雄时，他早已后退无路，只好变成一个“比当年英雄的自己差得多的男人”。正因为当年硬充“男人中的好汉”，所以他的光荣终了，就只好作为一个普通的男人，作为一个相对来说是个冒牌男人生存下去。

缘此，男人需要勋章。某部小说的题名为《女人的勋章》，听起来挺独特的，仅此而已。男人所需的勋章，也仅此而已。为什么呢？因为昔日把金鸢勋章作为代表，英雄的男子汉都要努力获得这种勋章。不然，他人自不消说，往后的日子，就连自己也没有材料证明自己当年曾是个英雄。如果没有这份材料，就等同于死亡。说句多余的话，给以作品或其他形式留下像样的文化业绩的人授予“文化勋章”，从勋章本来的意义来说，这种做法无疑是邪道。勋章和铜像存在的理由，就在于为那些没有留下任何形状的功绩者而设计的。为什么呢？因为所谓英雄，本来就只授予那些采取行动的人物的一种名称，所以文化英雄之类的说法，就是语言的一种误用。

却说在这次战争中败北的日本，战后就不能拥有战争英雄。但是，日俄战争后，当然有很多那样的英雄。东乡元帅就是最突出的一个。

日俄战争后，东乡元帅还活着。我上小学时，他才离开人世。元帅健在期间，他终于没有从事过比日本海海战更大的工作，同时也没有这样的机会。给某个人物授予英雄的称号，这种行动一般只需 5 分钟左右就能作出最终的决定。这 5 分钟或几秒钟就能决定他这几十年来的生涯。对于这个元帅来说，日本海海战之后的日子，恐怕也只不过是他的“余生”罢了。

但是，他赶在一个好时代里与世长辞，这位英雄的终了，确实是堂堂正正的英雄的终了。我这辈子恐怕再也难看到如此壮丽、如此像落日般的英雄的终了吧。为了拜谒元帅的国葬，我们小学生在千鸟渊公园一角列队，不知站立了多少个小时，肃然地等待着。国葬的队列从九段那边缓缓地走了过来。外国武官们身着彩色缤纷的华贵军装列队迈着独特的正步走了过来。他们单腿向前迈一步，然后双腿并立，再将另一条腿向前迈一步……这番景象稳静地走进我们的视野时，他们头盔上的白色羽毛，仿佛一列艳丽的热带鸟走了过来。几乎无尽头的长长的队列，安静肃穆地拥着灵柩……我还没来得及看完队列的尽头，最后脑贫血症发作晕倒了。

像东乡元帅那样幸福的英雄，的确是鲜见的。

此刻的我，可以无所顾忌地钻进卖杂烩铺子里吃杂烩，到弹子房里拼命地玩弹子了。然而，如果我干出一番英雄行为而成为英雄的话，那么就不能破坏自己的英雄形象。于是，重视他人的形象这种态度，就成为“英雄以后”的全部人生态度了。这么一来，还不如死掉了更好，不是吗？

二十一　妒忌的终了

妒忌的终了……

心情肯定会觉得平静、愉快、开朗、获得解放，美极了。

妒忌终了时，心情会感到比患任何疾病痊愈后，都会变得更好。因为妒忌是心灵上患的最阴郁的病症。

当然，还有一种可以导致人自杀的精神病，叫做“抑郁症”。不过，也许妒忌这种病比它更加麻烦吧。

为什么呢？因为抑郁症患者对人生绝对失望，妒忌病患者对人生则还抱有希望的缘故。

从某种意义上说，妒忌的人宛如想把摆在眼前的满杯黑水饮尽的人，其实没有必要喝这种显然是很不好喝的水。然而，他觉得里面掺杂着一滴希望，这希望在美丽地闪烁，散发出芳香。于是，他无论如何也想喝这杯黑水。如果喝下去，就会立即恶心呕吐，很不舒服。可是，他可以从妒忌中好转过来，也就是可以从这份希望中好转过来。

“尽管他对我的态度是冷冰冰的，其实他心中也许还爱着我。”

或者：

“他现在尽管很迷恋那个女子，但他肯定会醒悟过来，回到我的身边。不，我必须凭自己的力量让他醒悟过来。”

这种希望的基础，一定是潜藏在妒忌中。但话说出口，可能是会这样说的吧：

“到了这时候，我对她已经绝望。只是觉得她可恨。”

但是“可恨”同妒忌是不一样的。所谓妒忌，它总要反弹到自己身上，纠缠着自己，使自己丧失人身自由的一种感情。它同憎恨也是不一样的，憎恨的感情是向外，再向外，是进攻性的。简单明了地说，在战争中憎恨敌人，这是理所当然的。但是，还没有听说有人以敌方供给良好、敌方粮食丰富为由，而对敌人产生妒忌心。如果敌人的粮食比我们的丰富，那么就要着手设法进行夜袭，把粮食缴获过来。所谓妒忌，最终反映出来的，只是在自己的城堡里迟疑不决的情绪，向敌方出击，不是它的本意。即使不断为敌手的事感到很恼火并苦思冥想，但总是在与自己的比较上来思考问题。于是，自尊心逐渐被刺痛了，最后甚至持续疼痛 24 个小时。如此看来，妒忌第一，必须有“希望”;第二，必须有“自尊心”。缺少这两个条件，基本上就不会产生妒忌。

如果有希望却没有自尊心，事情就好办了。她总之是个傻瓜，傻瓜却能饱尝傻福。“反正像我这号人毫无魅力，世人爱怎样取笑就怎样取笑吧，因为习惯了遭人取笑，也就无所谓了……不过，说不定什么时候，他想悠闲自在些而回到我身边呢。届时我会热情地欢迎他。”………如果能够大彻大悟，妒忌也就不会产生了。

另一方面，如果自尊心非常强，就没必要怀抱希望。

“像我这样一个日本第一美女，他也见异思迁，移情别恋于那种丑女，他的审美眼光只能招徕他人的怀疑。不过，人一旦走错了路，要重新做人也很难。因此，他大概不会再回到我身边了吧。首先，他不好意思再登门，也就不可能回来了。”

在这里也很难产生妒忌。妒忌最麻烦的情况是：希望也恰如其分，自尊心也恰如其分。世间的女性，基本上都是属于这种类型。希望的错觉与自尊心的错觉会巧妙地结合起来，彼此的交流就会加强。

“就说我吧，我也很有魅力。应该说，我还有使他回头的希望。首先，只要他醒悟，冷静下来比较，就知道我与 A 子之间有天壤之别。”

此外还有：

“他一定会回来的。不，等着瞧，我一定要让他回到我身边。如果以为我没有自尊心，那就大错了，因为我绝不会永远被他当作傻瓜来耍弄的。”

缘此，虚荣的自尊心使希望膨胀了起来。为了支持这种希望，自尊心就必须越来越强。这种无止境的恶性循环，就是妒忌的本质。

对于女性来说，自我意识这种东西特别被运用于非生产性方面。在恋爱场面最高潮，本应更聪明地让自我意识起作用，以确保对自己有利的地位，然而就在这时候，女性的自我意识，却专门依赖男性，陶醉在爱情的氛围里，变得有点呆头呆脑。于是，当男方变得冷淡或另寻新欢时，女方的自我意识又会过度发挥作用，而且简直是被错误地加以运用。也就是说，变成“他抛弃了如此标致、如此有魅力的我”了。实际上，就在她的自我意识失落时，她完全忽视了自己在男人眼里丧失了魅力的瞬间，也就没有察觉到这时候悲剧已经开始了。

这种妒忌终了的时候……

那是什么时候？

是一年之后吗？5 年之后？还是 10 年之后呢？

总之，妒忌是突然地终了。

于是，迄今痛苦地折磨着自己的东西，突然销声匿迹了。迄今对自己来说是最重大的事情，突然变得无足轻重了。自己一直错把跳蚤当作大象来看待。为什么会发生那样的错误呢？然而，事到如今再来探讨事发的原因又有什么用呢？

她完全自由了……她也许会在第二天自杀。因为她丧失了“妒忌”这种使她极其痛苦的生存意义。

二十二　动物的终了

据说，拉丁语有这样一句谚语：

“一切动物交配之后都很悲伤。”

在那种时候，难道连动物在那一瞬间也变成不是动物了吗？难道在动物的心灵里，一刹那间也会浮现出精神性的东西来吗？所谓悲伤，是精神性的东西，所谓笑，则是知性的东西。

一般地说，精神性的恋爱，逐渐接近值得信赖之处，就进入肉体的关系。有了肉体关系，精神性的恋爱才在事后姗姗来迟。

昔日那种只凭看照片就决定结婚，新郎新娘在结婚仪式上才得以相见的封建式婚姻，大概也是抓住人类这种心理来行事的吧。

人类不是一般的动物，必须拥有主体的自由意志来选择对象，在加深精神性的恋爱的基础上，通过结婚仪式才进入肉体的结合，这是基督教式的思考。这种思考，近来已经在日本占了主流，人们一提起相亲结婚，仿佛就是一种陈腐的弊端，脸上都露出了羞愧的神色。也有人对相亲结婚作了可爱的辩解：

“就说相亲结婚吧，婚约期间比较长，这期间婚约双方往往已进入恋爱，也就像恋爱结婚嘛。”等等。

我自己也是相亲结婚的，有关相亲结婚在动物学上的正确性，容后另叙。

恋爱是清高而美好的，动物式的结合是低级龌龊而丑陋的。这种想法，昔日并不是没有。在希腊，自柏拉图以来，就有了著名的“柏拉图式的爱”。

在日本，所谓恋爱就是指肉体的结合，随后而来的就是“物哀”〔“物哀”，是日本古代一种审美理念，它包含着赞赏、享受、共鸣、同情、可怜、悲伤等，其感动对象不仅是对人、对自然物，而且也对社会世相〕。神话中的男神和女神彼此相见时，只交谈了一句：“啊！真是个好男子。”“啊！真是个好女子。”说罢旋即进行肉体的结合，因此在日本，“交谈”这个词儿，意味着很快就要进行肉体的结合。

那么，是不是说日本人比西方人更加动物性呢？这样认为是毫无道理的。日本人可能由于饮食的关系，生性淡泊，这在世界上也是罕见的存在。只是，对性爱的故事、性爱的游戏非常感兴趣，但缺乏西方人对性欲的执拗性和彻底性。

日本人（尽管表面上看像植物性的，而实际上无疑是哺乳动物）首先乐于使自己体内的动物性要素获得满足，然后再慢慢转移到“物哀”这种事后的情绪性上，作为动物一面的日本人，忠实于本节开头所举的那句拉丁语谚语。因为日本人的动物性要素的解放和满足，就像蜻蜓的交尾那样，只在蔚蓝的天空中作瞬间的停留，轻轻地摆动一下终了，无疑这是淡泊而清洁的。

在西餐里，正餐的主菜大体上都要上一道味浓的肉。上这道菜之前，就餐者往往翘首以待。西餐的就餐程序不是一上来就狼吞虎咽地吃肉，而是先慢慢品尝冷盘、汤或鱼等，然后才上肉这道主菜。这种程序，很能象征西方式的恋爱。所谓西方式的恋爱，相当于冷盘、汤和鱼，这是运用拼盘渐次引入肉欲的最终满足而达到高潮。这种肉体的结合，处理得如此有效、集中和盛大，也表现出西方人执拗地期待着他们的动物性要素的获得解放和满足。

也就是说，西方人从体质上很能理解人类告别动物层次是不容易的。于是，尽量延长他们彻底成为动物的那瞬间，在这之前，逐渐向体内徐徐地装满精神性的、观念性的恋爱，从容不迫地表现出动物的本性，大口地把肉咬住。在成为动物之前，尽最大的可能展现人类的姿态，这就是西方式的恋爱。也就是说，这是一出诓骗的戏剧，掩盖着尚未告别动物层次的内情。在那洁白的晚礼服下隐藏着大猩猩般的胸毛。

自从西方式的恋爱引进日本之后，在日本人片面的禁欲主义的环境下，这种恋爱方式被过分老实地接受下来，变成非常体面的事。产生了不是“一切动物交配之后都很悲伤”，而是“一切动物交配之前都很悲伤”这样的病态心理。甚至完全丧失了极为宝贵的动物性的直感。这样，大恋爱的结果，形成了无数女性和无数男性为幻灭的悲哀而哭泣。在被称为恋爱结婚的人中，可以看到无数幻灭结婚的例子，包括那臭名昭著的妊娠结婚在内。

且说，虽然有点自私，不过相亲结婚不受进口货的恋爱结婚观念的迷惑，久经磨炼的动物性直感，大大地加大发挥作用的可能性。所谓男女缘分，就是凭最初的一瞥，即所谓的“一见钟情”来决定。动物园里的大猩猩死了老伴，人们即使从非洲给它运来了候补的后妻，它嗅一下味儿，就表示不中意，将身子扭向一边，不予理睬。因为大猩猩是个傻瓜，它没有察觉到自己没有选择中意的母猩猩的余地，所以才那么过分讲究和任性。这种情况，如果放在人类社会来说，即使不中意，恐怕也只好把它当作一只雌性的动物来接受吧。

但是，这样做毕竟是违背动物性直感，是知性头脑的选择。相亲时，凭瞬间的嗅觉而中意的话，喜结良缘而持续一生的可能性还是很大的。

却说，日本文化的特质被认为就在于“物哀”，这不是指事前而是指事后的心境。日本人心灵上的纤细劲，是不会在事前就浪费感情，而是在事后，也就是在交欢之后，在发现各种的情绪和哀伤中消耗的。

动物的终了，也许可以说是日本文化的特长。普天下的青年男女哟，但愿你们早日告别动物层次，提升到日本文化的本质上来。

二十三　世界的终了

终于到了“终了的美学讲座”即将结束了。世界的终了却没有降临就了结了。美中战争也没有开始，按错电钮发射导弹的事件也没有发生，诸位已经轻松愉快地享受着夏天的闲暇。

但是，“世界的终了”是一个永恒的具有魅力的梦想。对于被宣判了死刑的癌症患者来说，他们最高最大的梦想，无疑就是自己死亡的时间能够同世界终了的时间偶然相吻合。人类本来就是终将会死亡的生物。人类最高最大的梦想，毫无疑问就是自己的死亡能够同世界的终了同时发生。

他认为这才是公平的。为什么呢？因为他一想到自己死了，世界依然没有变化，每天早晨国营电车和地铁照样满载着人们上班而奔驰，东京塔依然屹立在它应占的位子上，弹子房里的人们照样哗啦啦地弹弹子，如此等等，就觉得非常不公平了。大家都活着，惟独自己行将死亡，实在太荒唐。

战争期间，惟独自己死去，还不算那么不公平。因为谁都无法保证自己明天的生命，死亡的扑克牌是公平地分配的，谁抽中死亡的牌，只不过是偶然的幸运或不走运的问题。大家都同等地拥有死亡的可能性。在这里，死亡的恐惧就淡薄，占恐惧死亡的几成的孤独的恐惧也减轻了。“喂，我先走一步啦。”……只要留下这么一句话也就足够了。

现在，即使有人说“我先走一步啦”，但是很难估计后来者要等上几年、几十年才能跟上来。和平时代的死亡，远比战争期间的死亡，显示出更加可怕的景象。因为那是出现在日常性中的死亡的阴影。通常所有死亡的阴影，都被人们小心翼翼地从和平时代的日常性中拂去。

那种可怕景象，宛如有只苍蝇蓦地飞进卫生达到满分的厨房里去一样。本来苍蝇飞到不干净的垃圾堆上，是没什么可怕的。越南人变得不怕死，大概是像他们午睡时脸上落满几十只苍蝇也满不在乎一样吧。

因此，和平时代的最高梦想，就是世界的终了的来临。它虽然可怕，但却也是愉快的梦想，所有宗教都以世界末日的思想来吓唬民众，同时也用它来诱惑民众。

世界的终了突然到来也行，或经过一定的犹豫时间再到来也可以。

如果是突然到来，一刹那间全人类都毁灭，没有任何痛苦，相应的乐趣也就少了。

如果事先知道世界的终了将于一周或一个月后到来，那么情况又不同了。当人们相信哈雷彗星的尾巴会包围地球，地球行将灭亡时，全世界的人都会喝酒狂欢作乐。就在前不久，1962 年 2 月上旬，据说包括太阳、月亮在内的八个天体，将于经历 4974 年才一遇，齐集在占星学的黄道第十宫的摩羯宫里。印度人深信这一天就是世界的终了的日子，有的人逃到山上，有的人把财产处理掉，也有的人自杀，曾经轰动一时。

我无论如何也理解不了那些要在世界的终了之前自杀的人的心情。如果世界果真终了的话，那么政治、经济、社会、道德都变得毫无意义。因此，自己一生中想做而又按捺下来没有做的事，这时不就可以尽情地去做了吗？如果有可恨的家伙在，就把他杀掉好了，因为没等到遭逮捕或判决之前，世界的终了就到来，是不会有什么事的。如果想与之共寝的女人在，不管是别人的妻子也罢，或什么人也罢，都无所谓。如果早就向往邻居家德国制立体音响，就不必事前打招呼，搬回自家来好了。债款也不必还了，对公司的上司也不用恭恭敬敬了。而且死亡的时候，完全公平地同世界一起灭亡，同时也会明白基督教所称的什么“最后的审判”，是虚假恫吓的伎俩。

这种时候，可能会有人想辉煌地、英勇地、平静地迎接死亡。有这种想法的人如愿地去做好了。正是因为有了历史，才出现英雄主义的问题，历史一旦消亡，它也就成了不过是个人的趣味问题。想“辉煌地死”的人，就成了只不过是他个人具有的“辉煌地死”的趣味罢了。

……然而，最可怕的悲剧是“世界的终了”的预告不准确。实际上，人们再怎么等待，世界却总也终了不了。

如果世界理应终了却不终了的话，那么就不得不难为情地将立体音响给邻居家送回去。也有可能被通奸的太太的丈夫告上法庭。还可能会被遭到怠慢的上司解雇。如果杀过人的话，就得长期蹲监狱，甚至可能被判处死刑。

那时候，我们在这个没有消亡的世界上，肯定又会更清楚地懂得：我们曾经是为了什么而战战兢兢地生活过来的。如果世界不会终了，我们就必须顾忌着他人而生活。而且，如果世界没有终了，惟独自己死去，那么我们只得抱怨他人而死去，憎恨活着的所有他人、所有吃食的他人、笑着、走着、活动着的人的所有一切……而且变得对所有的人都同自己一样，这是无论如何也受不了的。如果作为惟一的人生活在猴子王国里，那么他死亡时，多少可以死得庄严些吧。

……首先，诸位，此时此刻，世界还没有呈现终了的迹象。对于死去的人们来说，活着的我们还可以作为“他人”存在。周刊杂志是代表着“他人”的眼光的“他人”的杂志。“女性本身”其实也应该改名为“女性他人”。我们作为“他人”中的一员，可以欢笑，可以歌唱、哭泣和愤怒。

直到自己被所有的他人抛弃、死亡……

1966 年 2 月 14 日—8 月 1 日

日本的古典与我

仔细地想，我对日本的古典感到亲近的机缘，不是那么明显的。比如，像圆地文子那样，在她的著名国文学者父亲的熏陶下，她是应该亲近国文学的，而我不像她那样地亲近国文学。我家中，祖父是内务官僚，父亲是农林官僚，可以说是一个情操枯燥的、平凡无奇的、位于高岗住宅区的中流家庭。祖母是泉镜花的狂热爱好者，很喜欢小说，但是却丝毫也没有举家对日本古典感到亲近的氛围。此外，家风也是半洋气，追求时髦，没有那么多纯日本式的优雅之风。

我一次也未曾被人强迫过学习日本古典文学。毋宁说，我对古老日本语之美有所悟，是在我上中学一年级的时候，祖母第一次带我去观看歌舞伎〔歌舞伎，日本古典戏剧之一，于 16 世纪末至 17 世纪初形成，融说、唱、做于一体〕，以及差不多同时期外祖母带我去欣赏能乐的表演而引发的吧。歌舞伎上演的剧目是《忠臣藏》，能乐表演的是《三轮》。我对这两个剧目立即着了迷，岂止没有感到丝毫的厌倦，此后一有机会我就死乞白赖地要求祖母和母亲带我上剧场看戏。

古老的日本语流畅地钻进我的耳朵里，在少年的感受性中之所以强烈地刻印上“语言的优雅”这种印象，我想这主要是靠剧场和演员的力量。但是，我对作为文学的净琉璃〔净琉璃，与木偶戏结合表演的一种说唱曲艺，以三弦伴舞〕和能乐开始感到亲近，那是很久以后的事了。

在我体内不断地培育出某种趣味性的拟古典主义的因子，主要是承蒙了两方面的恩惠，一是这种剧场的力量，一是谷崎润一郎中期以后的作品的魅力。通过谷崎的作品，同时通过他的《文章读本》，我不断打开了对日本古典好奇的眼界。

我的少年时期同战争重叠在一起，当时的日本主义多少提高了我对国文学的热情，这是无可争辩的。这有时代的影响，也有由于自己性情乖僻的缘故。我对于向大学预科学生灌输那种千篇一律的教养，实在是受不了。它用知性来束缚学生，让学生必须阅读西田几多郎的《善之研究》、和辻哲郎的《风土》《伦理学》、阿部次郎的《三太郎的日记》等。至今在我身上还根深蒂固地存在着嫌恶知识分子的感情，它的根子无疑是来源于这种少年期的别扭的脾气。

却说，我以自学的方式阅读易懂的近世文学等作品的时候，遇上了清水文雄老师，从先生的专业《和泉式部日记》开始，我逐渐亲近王朝文学的世界。它的难度自不消说，它挑起了少年的知性的虚荣心。此后我逐渐被允许向先生所属的同仁杂志《文艺文化》投稿，这是好的。不过，很难说 1944 年出版的处女短篇集《鲜花盛开的森林》是全面接受了国文学的好影响，因为那里表现出少年老成的、趣味性的、拟古典主义的浓重色彩。

后来回顾，战争期间我的少年期，在我所亲近的古典中，给我最本质性的影响的，同我最本质性地融合在一起的，就是能乐。战争期间我创作的作品《中世》，就是其中一例，战后创作的《近代能乐集》、小说《金阁寺》乃至《英灵之声》，也就是成为我的文学底流的能乐。能乐所具有的忧郁的情绪、多采的舞姿、完美的形式、洗练的感情，完善了我所思考的艺术的理想。

至今，偶尔对成堆新刊书感到厌倦时，我就阅读西鹤〔西鹤（井原西鹤 1642—1693），净琉璃、浮世草子作者，代表作有《好色一代男》《好色一代女》等〕、近松〔近松（近松门左卫门 1653—1724），净琉璃、歌舞伎、狂言的剧作者，代表作有《曾根崎情死》《情死天网岛》等〕的作品，或读《花传书》〔《花传书》，能乐论书《风姿花传》的俗称，作者是世阿弥（1363—1443），提倡空寂的幽玄美〕，或读《叶隐》〔《叶隐》，以山本常朝的教训为基本编就，中世纪的日本武士道修养书，宣扬以大义和殉死作为最高的理想〕，或读马琴〔马琴（曲亭马琴 1767—1848），戏作文学作者。代表作有《弓月奇谈》《八犬传》等〕的作品，不分时代先后，我把古典书籍放在枕边来阅读。我觉得马琴的《弓月奇谈》，比现代的任何小说都有意思。我把《叶隐》作为我人生的老师，它对我来说是一部十分重要的书。关于它，我写了一本书详述过，在此不另赘言。

常言道，江山易改，禀性难移。从两三年前就开始写，现在还在继续写，恐怕不到四五年后完成不了的长篇《丰饶之海》，也是从日本古典那里获得启迪的。同样是从我少年时代的老师松尾聪先生那里获得的启迪。松尾先生研究从战争期间就散失了的王朝物语类的著作，把以前没有完本的《滨松中纳言物语》用现在最上乘的形式注释并出版。我读了它，又深深地被久违了王朝的物语世界所吸引。因为是颓废时期的作品，在古典的完美上虽有缺陷，但闯过郁闷的前半部，就到达精彩的令人感动的后半部。我对它那种梦与转生的主题，那种隐约拥有疲倦的风情的文体，那种衰弱佳人般的形象着了迷，它甚至搅起了我的嗜欲，使我无论如何也要写出一部庞大的现代版的《滨松中纳言物语》。

1968 年 1 月 1 日

机能与美

人体很美，犹如飞机美、汽车美一样。女人美，男人也很美。然而，他们的美的性质之所以不同，完全在于机能的差异。飞机之美，一切都集中在飞行性能上，汽车也如此。但是，人体之所以美，乃是因为男女的人体脱离了自然赋予他们的机能，或者由于文明的进步，不再需要这种机能的缘故。

男人有斗争的机能。女人有妊娠和育儿的机能。不忠实于自然赋予这种机能的人，没有理由是美的。男人的身体，由于斗争和劳动，通过运动能力、速度和肌肉的锻炼而变为美。女人的身体，由于妊娠和育儿，使腰部和乳房丰盈，通过裹着这些部位皮下脂肪的流畅线条而呈现美。女性美是绘画性的，男性美则是雕刻性的。

试举一例，侧腹肌肉号称是最男性的肌肉，当然女性也有，不过，女性的肌肉无一例外地都被脂肪包裹着，它没有像男性那样的枪尖一般的鲜明的造型。仅此肌肉一项，也可以明白女性美和男性美的范畴是不同的。

与机能相反的东西理应不会美，在那里剩下的手段就只有装饰美了。不过，在文明社会里，男人也罢，女人也罢，都把这种机能美和装饰美的价值颠倒过来。石原慎太郎的意见认为男人的裸体是怪诞的，这完全是受文明毒害的低级的卑俗之见。

但是，近来号称男性裸体却具有女性柔弱的男人的身体，特别受到欢迎，这又是另一种俗见。当然，男女两性兼有的少年美虽然存在，但现在流行只把男性的柔弱当作美，这种流行只不过是末流的风俗现象罢了。

1968年9月

男性的美学

有钱的人真不像话，一个有钱人在银座西服店每月定做10套西服。一年就是120套，过着几乎整个家都淹没在西服堆里的生活。当时，我很注意修饰打扮，对这种人多少也有点羡慕。

可是，现在不同。因为我的视野开阔了。

一般地说，银座的价格最昂贵的西服店、洋货店、理发店等为男士修整仪容服务的商店，都是为肉体上变得丑陋了的人服务的，所以价格奇高。缝制西服也是这样，有的客人虽然有钱，但大腹便便，体态不美，或者体格像鲜活耗尽了的鱼干，为了让他保持社会的体面，出得了场面，好歹想个法子，施展诸如制作的技术、掩饰、敷衍的技术。在日本说制作技术，就是指这种蒙骗术、特殊的技术。技术越高超者，要价就越高。理发店也如此，光顾高价理发店的顾客，大半都是些小心翼翼珍视后生头发的显贵绅士们。理发师除了自己以外，还没见过乌黑密厚头发的客人，就战战兢兢地把他们的五六根发丝，或左或右地分开梳理，然后拿高价报酬。这样，百元理发馆里就大量地堆积着洋溢着青春的丰厚的头发。就在这样不断施展蒙骗术、修饰外观体裁的基础上，绅士们寻求适合于自己装饰的洋货，进入高级洋货店，购买骆马的衬衫等奇异的代用品。他们的目的只是为了点根香烟，不惜花上数十万元买个贴金的邓希尔特制的东西。而且为了使本质性的欺骗能蒙混过去，身上挂着哗啦哗啦响的真的奢侈品，以炫耀自己。

我认为在日本要获得革命成功，最好的方法是把日本的政界、财界、文化界的权贵，也就是所谓的统治势力，统统像穿念珠般穿起来，让他们全裸体走在银座街上。这是我的主张。民众看到他们的丑恶，马上就会明白统治着自己的当权者的实态了吧。就会直截了当地知道支配着这个社会的不是美，就会立即掀起美的革命了吧。

为了不让这样的革命发生，高价的西服店、昂贵的洋货店、高价的理发店才进行服务的。

本来所谓东方男人的服饰，就是隐蔽肉体，炫耀权力的，如果让他们都裸体的话，那么谁的肉体都是同样的，硬要在这些肉体上制造出阶级差别，美的革命就会在这种地方产生。起因就是欺骗和敷衍。男人就是动物，为了统治，不惜借助一切的欺骗手段，并且断然实行。

苦恼的事、有本质性矛盾的事，就是权力乃至地位不仅是抽象的东西，而且是必须让肉体作媒介的。这样，在产生需要服饰的东方，上层阶级的服装选择了不让肉体的线条显露，接受中国影响的公卿的服装，就最具代表性。他们认为男人在服装方面，肉体的线条越显露，权力乃至地位的威望和抽象性就会越加削弱。时至今日，这种想法还根深蒂固地存在着。因此，即使从西方引进了西服，还需算算制作西服布料价格高，制作工钱也高，从东方的服装观念来说，掩饰的制作技术是高度发达的。

然而，西方男人的服装观念，与东方男人的服装观念是根本不同的，其根本原因在于古代希腊的文化，裸体的美是同人格的精神的价值结合在一起，这种传统是很难以消失的，连制作西服也绵绵不断地继承着这种精神。当然，就是在西方各国，肉体变得丑陋了的人们也通过制作西服加以掩饰，所以这种掩饰技术也是很发达的，特别是英国，是男子服饰的本家，非常注意肉体的端庄。据说有个英国人赴南太平洋某岛任殖民地长官，他在英国式思考的推动下，全神贯注地做体育运动，以保持修长的体态，因为他认为这样做才能保持自己的威严。可是当地土著人无法放弃自己的传统，就是说他们一向把最肥胖的酋长视为最伟大的酋长来尊敬，所以他们就前来请愿说："希望长官务必尽量多吃以便长得肥胖些，否则我们很为难。"

日本人也无法摆脱这样的想法，即使现在，当一些老脑筋的艺伎奉承说："您的体格真漂亮啊！"这肯定是指脂肪过多的肥胖型的人。

即使在现在，面临"是先考虑服装还是先考虑肉体"这个问题的时候，大部分日本人会"先考虑服装"，这是明白的事。只有少数人"先考虑肉体，再想穿适体的服装"。这虽然与西方人的思考有根本性的差别，但是大多数日本人执着于穿西方人的服装——西服，可以说这是很滑稽的事。

只要到外国的海岸边去看看就会明白，现代西方男人的体格同希腊古典雕刻的均衡相比较，就绝对不能说他们的体格是美的。很多人是水蛇腰，腿又直又长，显得无力，身体的躯干硕大，胸脯厚实，但桶形者居多，肩膀狭窄的也很多，相形之下，臀部过大。西方人也深知自己的体格的这种缺点，为了掩饰这种缺点，才发明了西装。"候补骑士"的模特儿等也是水蛇腰者居多，不能说这也是象征着健康的男性。腿也不是只要长就好，长得太直的腿，是机械式的，是非生物式的。

然而，这样的体形就适合于穿西服。水蛇腰，可以在底脊上加以处理，给予优雅的线条，桶形胸脯，可以系上领带，把它推到前面来，让领边的线条显得生动活泼。狭窄的肩膀，可以用垫肩来弥补，裤子可以只顾强调直线。这样，丑就可以转换为美了。

日本人的西服，就像某人借别人的和服来掩饰缺点，特意装得没有缺点（或者有相反的缺点）那样，是不可能装得万无一失的。

日本人祖传的缺点是躯体长、腿短、脸大且扁平的。近来，脱离这一切基准的日本人多了起来。不过，在西方人看来，这种缺点相对的还是很突出的。为了掩饰这种缺点而发明的服装，不用说是美的，但就现在我所能看到的，最美的男人的服装是剑道服。日本男儿身穿仿佛透出一股幽香的深蓝色剑道排练服，手上宛如着上了蓝色，下身穿着裙裤，带上黑色护躯铠甲和下垂物品，再没有比这身装束更美的形象了。这种装束可以掩饰日本人体格上的所有缺点，但它不是产生自“先肉体，后服装”这种思考，而可能是机能上自然而然地形成的，这符合西方男人的服装原则。这样，对于日本人来说，西服属于日本式服饰观念，剑道服属于西欧式服饰观念这种逆说就将成立。

要是那样，不论何时，东是东，西是西。有可能出现东西同出一辙的男子服饰吗？有。那就是军服。

军人职业，首先是肉体性的职业，因为肉体的锻炼先于一切。男人肉体的基本条件是要使一切都最高度地发达。在肉体穿上的衣服是军服，自然而然地遵循“先身体，后服装”这一服装原则。军服的制作，不问东方西方，都要求特殊的技术，做得合身。因此，它与西服不同，不是谁都可以设法做得像样子的。它对于体态全然走样了的男人是不适合的。传说在美国，腹部突出的将军军服全然不合身的将被革职。不过，首先格外重视外表和仪容的军队，这样做也是理所当然的。因为再没有什么比得上军服的胸部线条、背部线条和腰部线条更能毫无虚假地呈现出男性的力量、敏捷和优雅，而丧失了这些条件的人，就已经没有作为一个军人的资格了。

如果说，作为男性的服装只有剑道服和军服是最美的话，那么，所谓服装不论人们怎么掩饰，它都是需要表现性的特质、表现攻击性的战斗性的男性的特质，这无疑是很明显的。所谓服装就是性的东西，而服装离开性越远，就越能成为体现权力及其他抽象性的、充满欺骗技术的东西。

1969 年 5 月

反时代的艺术家

新人与新伦理并不是特别的东西。所谓伦理，只不过是事物的翅膀，是事物生存的方法罢了。没有方法而生存，叫做无伦理。但是，从严格意义上说，没有所谓无伦理。因为生存本身是内在地背负着一种方法。想生存下去时，事物的智慧就已懂得生存的方法。然而单凭“想生存下去的意志”是无济于事的。丧失方法症，美其名曰意志，这才是无伦理。只不过是，即使在现在，生的拟态的事物也是同生存本身错位了的。

探索新人与伦理，似乎意味着探索某种“原型”。在歌德看来，这是探索类似宇宙那样的内在的原型。这是想把自我当作小宇宙的一种欲望。日本中世纪就选择了隐士的草庵，因为隐士的草庵是最接近星空的地方，可以直接接近宽阔的艺术领域。

这种情况，与作家想兼当企业家、兼当大学教授的情况别无二致。作家没有可取的“新道路”，他没有可能成为“新人”的东西。他的意图只是原型。对艺术家来说，摸索原型就是一切。对原型尽可能正确地忠实地再现，这正是他具有伦理的新颖性。

“新人与新伦理”只能存在于艺术作品中。而且艺术作品中所表现出来的新人的形象，能达到极其正确程度的，正是作者对原型的临摹，个人有各样到达的方法，这种方法与人的历史一起陈旧。

也许可以说，所谓原型是艺术家最非艺术性的欲望的象征。原型的艺术家化身为完全意义上的“被造物”。在那里，从古代的壁画和画在纸莎草纸〔纸莎草纸，古埃及人用纸莎草制作的纸〕上的幼稚而拙劣的绘画中，可以获得与在“死”中发现其艺术性冲动的源泉相似的信息。所有企图创造的欲望的根底力量，都是与企图创造的欲望相反的力量，它寻求任何铸像和模型。没有这些，它就不可能再生和繁殖，而且它所寻求的模型，就是当它同这些模型合一的瞬间，它的存在也就丧失了。

有这样一个寓言：有一个人从某小说中站起身走了。他活着，他传播了新宗教和美学，出现了众多的信徒。他们模仿那个“人”的说话方法，模仿那人的走路方法。结果他们就变成辨别不清 A 是 B 呢，还是 B 是 A。于是，他们就向作者提出抗议，说：“托那个‘人’的福，我们变成这个样子。请你立即把他杀掉。为什么呢？因为只要有被他模仿的才能，那就没有你模仿的才能。如果他有模仿我们的才能，那么我们的变异就能不丧失吧。”

贤明的作者回答说：“好，没有理由杀死他。但是，有更稳妥的方法，让‘他’无数地增加。这样一来，你们就可以从欲望中摆脱出来。”

“对。只要对方不是一个人，我们就胜利了。”

勇士们致谢一番就离去了。

还有一种情况——“请立即把那个‘人’杀掉”，作者回答说“好”，就把那个人杀了。于是，他们都模仿他死了。但是，死不是模仿。一个人按一个人的死法死了。当然他们的死，一无遗漏地都已写在“历史”里了。于是，他们的死也被“历史”

精心写了下来。

但是，文学不能创新，甚至只能写彻头彻尾的非独创性的作品。不仅文学，万般艺术的界限就在那里。为什么呢？因为文学的不幸是还没有终了。反之，历史总是终了。艺术上的新颖，并不是历史新颖的敌人。

有些青年纯粹为挣钱才开始从事文学，这简直是全新的类型。我赞许你们的动机的纯粹。“为了金钱”——啊！这是多么美妙的金科玉律，多么精彩的大义名分。我们的动机不是那么纯粹。这种欲望说出口都觉惭愧，更觉羞耻，无目的地驱使我们走向文学。不过，大概也有那种只能对我们说的讽刺吧。

“什么为了金钱！为了这种美好的目的，搞什么文学，太可惜了。当我们收到书稿的代价——金钱时，总是很不舒服地不得不感到一种不当的优待和敬意。早有思想准备被一脚踢开的人，就像只被温柔地抚摸的狂犬。”

有些人很善于运用两手做法，出色地处理这个问题。一方面从事出版业及其他，另一方面从事艺术——这也是一种新的类型。但是，这时候他生活的投影场所就全都没有了。就像从两方面接受同等照明亮度的板块一样。于是，他的二重性只能在其架空的（无影的）二重性里得到解决。他在一天当中的某个时间里，是个完全的艺术家。那时他的生活印象是没有经过过滤作用，每天都被堵住，最后整个腐烂。他只能在时间缝隙的纯粹里，用艺术的欲望来加以充实。他将丧失对那个“原型”的欲望（非艺术的欲望）。他将成为一个“艺术爱好家”。

我梦中的“新人”的一种典型——

这种人可以把历史的悲剧性导入今天日常生活的伦理里，并可以坚实地印证作品的健康，淋漓尽致地描写了那种伦理性、那种“赫尔曼与窦绿苔”式的永恒的日常生活。把《赫尔曼与窦绿苔》看成是与德国健全的中产阶级的兴隆相照应的历史的产物，这种看法，不过是一种俗说而已。从那样思考历史的意义的角度来看，是一种俗见。《赫尔曼与窦绿苔》不是别的，正是创作。历史就是通过歌德的富有成效的灵感，创造了超历史的艺术上的一种规范。历史性最重要的条件就是反时代性。通过它，历史超越历史，从而产生现实生活的永恒的一种典型。真正的历史的产物，就是“被超越了的历史”。如果创造的精神在当今的日本存在的话，那么，不管任何时代，《赫尔曼与窦绿苔》理应是能够很快就写出来的。

我梦中的“新伦理”的一种典型——

就是把艺术作品当作实际生活上的伦理来思考的，就是复活中世纪的艺术家的精神。

1948 年 8 月 1 日

日本小说家为什么不写戏剧？

对于这样的提问，只好用事务性的方式来回答：

第一，小说家除了本职工作以外，基本上没有余暇干别的事。

第二，文艺杂志的编辑，除了一两个例外，不愿意刊登戏剧作品。

第三，大多数读者没有阅读剧本的习惯，他们不读戏剧家写的剧本，即使阅读上演的好歹是文学性强的“小说家写的剧本”，也是容易半途而废的。

第四，从机构角度来说，戏剧杂志这种小机构，在强制执笔者执笔的压力，也不及文艺杂志方面大。

第五，剧本作者同上演剧团之间的关系，没有能够达到引起习惯于被动地写作的小说家的兴奋点的程度。

日本小说家的工作进展状况是被动性的，比如出版社约撰稿人创作一气呵成的小说时，经济问题另当别论，如果没有截稿期限逼着小说家工作，几乎就没有办成功的。从这个角度来看，也可以洞若观火。

这不是别的原因，而是因为小说家忙于创作，身心疲惫，贪婪闲暇是他们唯一关心的事。

小说家没有余暇去补给他们切开零售的血肉。小说家几乎就是娼妇。娼妇的性格不一定就屈从于仰仗金钱的男人，她们最依从的是有坚强魄力的男人，由此可见女人的自我保护，但是很遗憾，戏剧新闻不属于哪一类。现代日本作家生活的娼妇性，与波德莱尔所说的所谓艺术就是卖淫这句话的意思，多少是有点不同的。波德莱尔说的更具放荡的意思，他还说上帝就是卖淫妇的代表。

小说家偶尔写剧本时，他刹那间失去了职业意识，被喜悦和恐怖交替地捕捉。外行人认为这件事是可怕的，在戏剧制作的过程中，这种制作不知被唤醒过多少次。经常产生这样一种倾向，即从剧本中夺走演剧性，而浓化文学性。为什么呢？因为他的艺术技巧本来就是在非演剧的基础上积累起来的，为了装成内行，除了添加技巧之外，别无他途。再说，日本现代的艺术意识的基调，被放置在技巧与游戏的乖离之上，撰写带外行人味道的剧本，就担心会被认为是游戏。这种担心甚至比被认为是有麻风病血统更加可怕。

在战后流行的街娼小说中，我们每每读到让迷恋的顾客白游乐而遭到私刑的故事。

第六，可以举出小说家自身的这种恐怖。

第七，小说家本身在纸面上所构筑的“现实”，第一次让它在纸面上完了，他已习惯于这种操作，对于戏剧文学的形式需要加入期待之外的异质的现实诸要素，才能保证作品的现实性，如此墨守成规，是相当不容易的。

小说家当然擅长于剧本这种性质，却不擅长于仔细体会作品外部的力量的影响。

小说家缺乏阅读自己作品的能力，而剧作家对自己的作品上演的成功与否，其客观判断的能力是很强的。两者相比，存在着显著的不同。小说当然可以用各式各样的解释来阅读。但是其解释是无法预先判断的，作者对这种种解释当然无权插嘴。在这个限度里，当作曲家把乐谱交给演奏家时，或剧作家将剧本交给导演时，都必须有同样的思想准备。然而，小说连给读者一丁点的解释和判断，都必须通过纸面上表现出来，而剧本和乐谱除了表现以外，多少还可以允许发出事务性的指示。

从另一方面说，小说家承蒙这种特质的恩惠。作品内在的现实可以转化为读者内在的现实，因为他们能够暂且忘却作为其媒介的读者这种存在的现实性。可是，一到撰写剧本，异质的现实参与自己内在的现实的完成，这不禁令人毛骨悚然。这样就使第一次想撰写剧本的小说家感到不安。

导演和演员面对的是观众。这就像读者一样，不是无形的群众。

所谓作品，反正要完全奉献给神的。但是，自己亲眼看它，即使不看也必须确实地预想它，这种不安，与可怕的东西就不看这种习惯的轻松劲相比，已经有了明显的不同。

导演是自作剧本的惟一现实化的履行手续者，同时也是直言不讳的批评者。小说家，不习惯于在作品完成以前遭到这种拷问般的批评。他在到达这步以前，还陷入沉思以为这是作者自身的批评领域。上演前倾听导演对自己作品的批评，这既使剧作家也使小说家的表情骤然复杂起来，足以让人愉悦地观赏。

第八，小说家害怕自己本来打算写成的剧本，却被说成“不成其为剧本”的东西。有人说所谓恋爱，就好像妖怪一样的东西，大家只是传闻，谁也没有见过。可是，一旦被说成“不成其为剧本”，可能就觉得像是被说成“这幅画一点也不像妖精”吧。如果将台词并列起来，请你把它当作剧本吧。如果你说不上演这个剧本，是因为写得不好，那么小说家就觉得剧本容易写些了吧。

第九，日本的小说家几乎不看戏剧，戏剧的气味没有渗透到他成长的环境里。在法国的资产阶级家庭里，从幼年时代起耳边总听到古典戏剧的著名台词，及至长大以后，就进入幼年感到亲切的戏剧世界，对剧本带着几分的乡愁。可是，在日本的资产阶级家庭里，如果把歌舞伎的独白带回家来复诵，就会被认为是不谨慎的行为。尽管如此，我们在歌舞伎剧里感受到的乡愁，在话剧里却感受不到。写小说与乡愁没有关系，写剧本就总觉得必须在某处加入这种要素。

第十，写小说可以成为买卖，小说家即使没有热情也能写小说，可是剧作家只顾埋头扎进不能成为买卖的剧作里，是凭着对戏剧的满腔热情。这种感伤性的偏见，随之产生这样一种倾向：把小说家偶尔撰写的剧本当作毫无价值的东西。在执迷中就没有什么风格。有时候，小说家的执迷会采取写剧本的形式表现出来，剧作家的执迷也会促使他写小说。

第十一，小说家在别的地方没有遭受愚弄，可是在剧坛却遭到愚弄，是因为剧坛没有学问。

第十二，小说家与戏剧发生关系，妻子就会感到没意思。即使幸运地遇到上演，小说家出入后台也会受到阻拦，满心的高兴便会减半了。

第十三，说实在的，小说家是写不出像样的剧本来的。

1951 年 11 月

道德与孤独

听说一件有关某国会议员的丑闻。证人中之一，是战争期间长期在外地的我的友人。另一人则是该国会议员的上司——某高级军官。

据说某国会议员有食人肉的嗜癖。我的友人在外地，受到他的上司——那个男人的邀请前往就餐。端上来一道尽善尽美的西餐，上浇白色调味汁，像是鸡肉的菜肴。我的友人毫无顾忌地吃了起来。吃了一半，上司扬声大笑，说：

“你吃的是人肉哪！”

我的友人当即跑到别的房间呕吐了。

作为另一证人的某高级军官，曾目击过那个男人食生人胆的情景。

“这对人体健康大有好处。”那个男人这样说明缘由。接着又说：“说实在的，这是非常好的。我真想趁着新鲜味美的时候，把它急送出去，献给天皇陛下。”

那个高级军官加以制止，这个奉献就没办成。

大冈升平的小说《野火》中写过在战场上，由于极度饥饿，人吃人的尸体的问题。在作品的各处都镶嵌着 18 世纪的萨德侯爵嗜好人肉的情节。萨德是作品中的人物，由于作者构思，必然会出现吃人肉的场景。在宗教的实体极端衰微的时代里，个性遭受极度束缚的作家，从泛神论的冲动中会使作品中的人物陷入嗜食人肉的境地。可以说，这是一种来自精神性的饥饿的反抗性的嗜食人肉吧。

但是，某国会议员处在可以避免任何种类的饥饿状态，也处在同憎恶和怨恨任何人的动机都无缘的状态，竟常食人肉。因为他认为“对健康大有好处”。而且不管他的道德如何，也不管他如何通过道德而获得自我满足，他“想献给天皇陛下”这种考虑，充分地表现出他对陛下的健康的一片“忠心”。

许多人想避开这个问题，在这种最令人毛骨悚然的嗜好中，大概制约着人与人之间关系的道德的终极问题就登场了。可以容许人吃人的道德存在吗？如果一种道德容许通过战争杀人的话，那么从逻辑上说，可以否定横在它面前的嗜食人肉吗？它的否定，难道不是把逻辑当作仅是一种忌讳而加以连击了吗？

我觉得这个人世间最可怕的孤独，似乎就是道德性的孤独。如果某国会议员天生就是个具有嗜食人肉的病态冲动者，那么问题又自然而然地发生变化，自然同道德无关地运动着，往往会创造出同人间道德根本背道而驰的人来。不过，这种人即使有机会使他这种嗜好得以满足而免于犯罪，但是他无疑会在比犯罪的恐怖更可怕的道德性孤独上受到良心的苛责。良心这个词儿，是一个暧昧的用语，或者说是人为的用语。在良心这个词儿出现以前，折磨人心的东西在哪里呢。某国会议员自足于道德而没有陷入道德性的孤独，大概是由于他没有体味过良心的苛责。只要在道德性上不孤独，我们就可以去任性地操作良心。

从一个人承认或否定自己的冲动乃至由冲动而表现出来的行为的历史，也可以明了地看到一个人成长的历史。少年时代我们会自觉到自己肉体内抬头的自然的暴力。在一般情况下，这种自然的力量，与外部赋予他的道德之间会产生悲剧性的矛盾。由于他没有经历过，也不熟悉自然，所以他对自然与既成道德之间的彼此勾结的部分是未知的，或者是由于自己的洁癖而拒绝了解，从而陷入道德性的孤独，就会在道德性孤独的最高潮中自杀。有人会选择“自然”，身败名裂而成为犯罪者。被认为战后丧失道德的青少年，多半是一些来自陷入人生当初的道德性孤独未解决，或者过于仓促地解决的人吧。

道德的任务，各人有各自的轻重之差，但是也有部分人是难免从这种道德性孤独中得到救助。多数的道德对抗自然，一方面制约着自然，一方面反而屈服于自然。一切道德都是通过同各个人的关系而拥有普遍性的倾向的。因此可以说，强调自然的普遍性侧面，承认这个侧面，只是停留在自然的总论上，让自然的各论充斥在惩罚规则和禁忌的罗列上。其结果，自然的偏见，往往采取道德性偏见的形式表现出来。犹如最近成为问题的镇压美国的共产主义那样，美国人的自然的偏见也是蒙上了道德偏见的假面具出现的，如同对待美国国内的黑人的偏见一样。我认为这是新教主义的一种弊病。

道德的进步，在于不断调整自然的诸条件与人的社会生活之间的关系上。因此，道德的敌人实际上不是自然，而是如上所述的国会议员陷入那样的道德性自足的停滞状态。非人性就在那里，因为人包含着自然，所以不能用自然去斥责非人性的东西。

与此相反，来自道德性孤独的，自然的深刻的道德性自觉，就是一旦变成以自然为敌者的准纲领，但一向总是同自然和睦相处的日本人，不喜欢缺乏这种道德感觉的人。

饥饿是自然的一种状态。但是，这时候类似法律上的紧急避难的食人肉，也是人陷入了道德性孤独。

多神教与城邦结合下的古希腊，在道德与自然的调整方面干得是多么巧妙，说实在的，这一点占据了我对希腊关心的首位。

1953 年 10 月

道德的感觉

最近我饶有兴味地读了威德雷的《艺术的命运》这本书。这本书的要旨是，在基督教的中世纪时期，生活本身就相信神的秩序，它赋予艺术家以共同的模式，艺术家像鸟一样地自由，毫无必要为模式而劳心。自达·芬奇以后，丧失了模式的艺术家废寝忘食地探索方法论，其方法只是以他们自己的基准为基准。近代艺术不论进行到什么程度，都没有摆脱自白的范畴，这沉重地背负着孤独与苦恼的包袱。像瓦莱里那样最高的知性，明察到这种摸索的极致，是什么也产生不出来的。著者是个天主教徒，最后只好搬出神的拯救来收拾局面。

道德的感觉，大概就像一国国民经过漫长的岁月创造出来的自然的艺术品吧。坚强的共同的生活模式，在背后深处有信仰，每个人可以用大约一致的判断来判断好与坏、正确与不正确。这种判断渗透到感觉里，不正派者会立即产生不快感，被称为“美的”行为会立即意味着善行。如果它达到像古希腊那样至纯的阶段，那么美与伦理就会变成一致，艺术和道德的感觉就会变成为一个东西吧。

最近，随着揭露出贪污和各种犯罪，道德的颓废又再次甚嚣尘上。但这不是从现在才开始的，欧洲发生的事件还不至于到丧失上帝的程度。日本由于战败而丧失了古老的神。不论多么倒行逆施也是覆水难收，纵令神复活了，过去神所支配的生活模式也不会再回来。

现在最大的根本性的可怕现象，不是道德的感觉已经丧失了。

本世纪的现象，是通过所有的模式诉诸直接的感觉。威德雷的启示不是偶然的，他在人工的、机械式的培养模式中着眼于政治，他就是这样的时代之子。为什么艺术家会迷恋于共产主义呢？因为共产主义似乎保证给予他们自明的模式的缘故。

通过所谓大规模的传媒宣传，本世纪懂得了模式的化学性合成的方法。用这种方法使政治介入生活，这就意味着政治模仿艺术的发生的方法。今天我们谈论自己的道德的感觉很容易，不过谁也无法明言，到哪里止是自己的感觉，到哪里止是他人给予的感觉，而且后者掌握着像是共同的模式的东西，人们容易追随后者。

无论哪个时期，都没有比今天更重视政治上统一之前的政治统一的幻影。从文明的各种末期的错综复杂中产生出来的最个性化的思想，沿着非常的捷径发展，并同最民族性的末期的热情相结合。正如布尔克哈特〔布尔克哈特（1818—1897），瑞士杰出的文化艺术史家。著有《文艺复兴时期的意大利文化》等〕在《文艺复兴时期的意大利文化》一书中所写的那样，“作为艺术品的国家与战争”，以最恶劣的形式再现，在丧失了上帝的本世纪里，如果是作为艺术的话，那么无害的天才的各种理念，将以一切有害的形式被政治化。

艺术家的孤独的意义，就是在这样一个时代里，超越其个人主义的戏剧，而成为重要的东西，如果有要求于道德的感觉的话，那么就要反抗那种表现为恶劣的艺术形式的政治。这时候，最重要的是艺术家不要丧失自己的感觉的诚实。

1954年11月

喜欢的戏、喜欢的演员——歌舞伎与我

“小孩子不要看戏”，这是我家的方针。可能因为这个缘故，小学时代我几乎没有看过歌舞伎。要说留在我记忆里的第一出戏，大概就是 1938 年 10 月歌舞伎座上演的《忠臣藏》吧。记得当时演员比较少，羽左卫门在《忠臣藏》里扮演若狭和由良之助，以及“男女私奔”的勘平；菊五郎扮演判官和“男女私奔”的阿轻，以及“第五场”“第六场”中的勘平，在各场里，眼花缭乱地变换着角色。

爱上戏剧的人，恐怕谁都曾有过狂热的时期吧，我上中学时，逐渐懂得一点戏剧的事，这种情况持续了相当长的一段时间。我读过冈（鬼太郎）和三宅（周太郎）的戏剧评论及其他各种资料，我去看戏时便携带上全套书，一边看戏一边作笔记。观剧后，一定在笔记本里写上剧评。从这时候开始，我就养成了这种习惯。现在还保存着那时候的笔记本，不过当年摆出一副非凡的在行的架势，所写剧评，现在开卷之余简直觉得可笑。我把报上的剧评和广告等都精心地剪贴了，这也说明了当时的热衷程度吧。战争结束后，根据驻军的命令，大部分的时代狂言都被禁止上演。这时，我很气愤，把发表的被禁演的狂言剧目的名字都剪了下来，还写了文章痛骂这种处理。

我对歌舞伎之所以着迷，主要在于其中神秘的光怪陆离的氛围，比起当代事态人情剧来，我更喜欢历史剧，这是自不待言。在《菅原》一剧中，我最喜欢的是“道明寺”这场，以及《千株樱》一剧中，从“男女私奔”到“四切”的忠信以后各场。对于《寿司铺》，我不太喜欢。因为没有名演员，很难看到理想的舞台表演。当然，从《渡海屋》到《大物浦》的知盛后这场，都是符合我所嗜好的戏剧。

虽说是怪诞的戏，就像歌舞伎十八出拿手戏那样，我对十分荒唐无稽的东西并不那么感兴趣。对我来说，最具魅力的，多半是接受大陆影响的歌舞伎那古怪的幻想性的氛围。因此，我喜欢像《关口之门》这样的东西。《金阁寺》也是我喜欢得不得了的戏剧之一。

这回我之所以把芥川的《地狱变》改编完成，正是由于对属于《争皇位的世界》等系列的歌舞伎反映王朝世相的诗的构思，强烈地着迷的缘故。

上代宗十郎，就是演活了这种气氛的演员。在戏剧评论家中，对歌舞伎的看法，最引起我共鸣和接受其影响的，就是户板〔户板，即户板康二（1915—1993），日本戏剧评论家、小说家。著有《表演论》《我的歌舞伎》等〕，最初引起我共鸣的是他的处女作《表演论》。在这部作品里，他高度评价了当时还不怎么被人们所承认的宗十郎。我是很热衷于宗十郎的。战争期间，听说上演他的《大藏卿》，我去浅草观赏了。那个《大藏卿》的曲舞的饶有兴味，至今还难以忘怀。战争结束后，在第一剧场观看的《宫守酒》中的桥立等，我不觉得特别杰出。不过，9 月里在歌舞伎座观看了时藏的戏后，才感到现在才让人想起宗十郎这位优秀的演员。在三越剧场上演的《兰蝶》、吉右卫门的《双巴》，又遇上久吉的优秀演技，真是无与伦比。

关于上代幸四郎，他生前人们似乎也是说三道四地净指责他的缺点，但据我所知，他也不是人们所说的那样因循守旧。我不少次看过他和菊五郎主演的《茨木》，总觉得他的演技在菊五郎的《茨木》之上，幸四郎的绝招着实令我佩服。他到了晚年，怎么说呢，令人感到他长年累月练就的一身技艺呈现了出来，许多极恶的角色，他都把它演得很出色。至今仍然栩栩如生地浮现在我眼前的，是战争结束后不久，在东剧所上演的《男女私奔》中的忠信，同竞相登上花道〔花道，歌舞伎演员上下场的通道，由舞台左一侧伸到观众席的细长走道，为舞台的一部分〕时的脸也好，或故事情节中他的一举手一投足，都是与无比美的歌右卫门（当时是芝翫）的静相互结合，使人产生一种真正大地回春的感觉。

喜欢或不喜欢的演员，犹如朋友中有性情合得来与合不来的一样，从这个意义上说，菊五郎不是我特别喜欢的演员。我对《漂泊的和尚》中那样精湛的舞蹈，或《替身坐禅》中那样的角色都是很钦佩的。《道成寺》是菊五郎的独特的戏，但我觉得还是现在的歌右卫门演的才是本来的东西。

关于歌右卫门，我已经献上了许多赞美词。对于我来说，现在无须赘言，不管怎么说，他是我所敬服的演员。

处在过渡期的现代歌舞伎演员们，焦急着想学习近代的教养，这种心情是可以理解的。不过，对于歌舞伎来说，一知半解的知性等，毋宁说反而成为一种阻碍。歌舞伎演员的根底，必须是一种傻劲的德。想到号称读破千卷万卷书的大知识分子群中，也有具备那种傻劲之德的人。歌舞伎演员只读了少量的书，就轻易地把它丧失掉，未免太遗憾。可以说，歌右卫门等是好例子吧。我最寄希望于现在的演员的，是不要动摇，对自己的工作要充满信心。

我不想去歌舞伎的后台，尤其不想去后台会见我所喜欢的演员。也许这是对艺术的浅薄涉猎者的态度。不过，我是想把舞台的形象放在珍惜的位置上。缘此，记得有一天，《文艺》杂志计划让歌右卫门和我会面，我特别提出了要求，于是我便同扮演阿轻的并已化好装准备上场的歌右卫门对谈了。

宛如为了开出更美的花儿需要尘芥一样，艺术是从许多污秽的地方产生的。个人的艺术，背面即使污秽或许可以掩饰，然而戏剧这样的集体艺术的背面，表露出其丑陋也是自然的吧。尤其是歌舞伎，应该产生出怪诞的美的背面，绝对不可想象它是清洁的。再说，希望它是清洁，这本身也是错误的吧。艺术应该是观赏其作品然后加以评价的东西，观赏者没有必要对其创作过程指手画脚。歌舞伎的背面，其前途也应该说是未知的世界，我愿意继续努力下去。

1954 年 1 月

四处流浪

童年时代我是个万事空想的孩子，双亲担心过我的前途。到了我读点儿书之后，我阅读王尔德和谷崎润一郎的作品时，把它们当作童话的延长。

一般地说，童话是面向孩子的天真无邪的东西，可是王尔德和谷崎的作品里充满了人间的恶、残酷、复仇、恐怖、爱与死的纠葛，感受性强的孩子似乎可以完全读懂这一切东西。另一方面，我还成了狩猎的书和传奇性的、荒诞无稽的、冒险小说的俘虏。想来，今后我写的小说，摆脱不了受《一千零一夜》和马来半岛的狩猎小说的巨大影响。童年时代我读这种书，长大以后我想过像那些作品中的人物所过的生活。但是，具有讽刺性的是，长大了的我，不能过那样的生活，而只是成为童年时代所憧憬的那样的书的作者。小孩子把这两者混同了，实际上这两者有如黑夜和白天，是全然不同的。

到了少年时代，战争爆发，社会倾向于国粹主义。在感受性还没有定型的时期，全然没有机会接受左翼思想的洗礼，这就成为我们同时代人的特色。我受了当时由保田与重郎等人倡导的日本浪漫派的相当大的影响。这在我 1644 年出版的处女短篇集《鲜花盛开的森林》里鲜明地表现了出来。这种影响的一个好处，就是我对日本古典的亲近。总之，阅读古典使我受益匪浅。不利的是，我得到了一种使我能够肯定自己沉湎于少年期的感受性的口实，无可争辩地在日本浪漫派里存在着一种与明治时代的浪漫主义不同的纤弱的、薄命的东西。正因为这样，它是一个时代的正直而敏感的反映，对当时的青少年的影响是很大的。

大学时代，我阅读了森鸥外的作品，它成了我的卫生学。我获得了否定自己的坏东西的契机。可是那时候，我终于不喜好鸥外的东西了。战后一段时间，我一方面向往鸥外，一方面又无法摆脱迄今对感觉性的东西的沉湎，这样持续了一段时间。随着年龄的增长，我不断地整理自己与日俱增的感受性。《禁色》两卷本作为一种尝试性的创作，试图在总清算的意义上进一步把感性的主题“从水中捞出来，而又要不濡湿手”。《禁色》以后，我经常注意设法使自己达到真正的明澄的境界。然而，成否竟不明显。

一部分人说我是唯美派作家。不过，小说这种东西，是无边无际，而且是在无道德的人关心之上而成立的，它惟一的伦理基准，应该放在“又美又正确地叙述”上。当然，散文的美，应该是在芙隐身的地方产生的东西。从探索这种意义上的美，我才对希腊产生了憧憬。

在小小的纸面上，要尽量委曲求全实是不容易。不过，在古代希腊，美与伦理本是一种东西。无道德的人的关心（也就是美的关心），原封不动地就被当作是伦理性的。反过来说，在古希腊，但凡有关人的所有问题，大概都被肯定，因此是美的，是伦理性的。

1953 年 8 月 22 日

艺术需要性爱吗？

“艺术需要性爱吗？”

如果可以提出这个题目的话，但愿人们以为这是我想出来的题目。这样一来，我肯定会被认为是个相当目中无人的机灵的家伙。

遗憾的是，实际上，这个题目是《文艺》杂志编辑部想出来的。因此，但愿人们知道目中无人的机灵的人，是《文艺》编辑部的人。

在柏拉图的《会饮篇》里，据迪奥提玛说，性爱这个家伙，既不是神，也不是人，而是处于不死者与应死者之间，据说是伟大的神灵。黛蒙是介于神与人之间。

性爱像母亲佩尼亚（穷困），贫乏、龌龊、打着赤脚、无家可归，也像父亲泊罗斯（谋略），勇敢、不乏计策的猎人。另外，性爱出生日，正是阿佛洛狄特的诞辰。缘此，他总是成为阿佛洛狄特的奴仆，憧憬着美。

以下我避免写成详细的著名的长篇性爱论，不过，重要的是，性爱就在智慧与无知之间，在自己拥有智慧而不求智慧的神与由于无知而不想成为智者的无智者之间。因为自己缺乏自觉，所以热爱智慧，寻求智慧的存在。

我们对柏拉图感到震惊的是，关于近代艺术家的定义，他早在《会饮篇》中已经作了如此明确的说明。

性爱由于缺乏自觉，所以他热爱善与美，为了永恒地持有，也就是保留不死，他不论在肉体上或在心灵上，都接触美，试图在美中生产、繁殖。迪奥提玛说：所谓艺术家（诗人）就是指在心灵上拥有生产欲的人。迪奥提玛把肉体的创造和精神的创造都归于完全同一的机能。今天我们末世的末流文人，把自己的作品说成是“像把血肉分开的孩子一般的东西”，这也是借用了迪奥提玛的思考。

且说一方面，迪奥提玛又是个无智者。

无智者自己不美、不善，也不聪明，但却十分自我满足。自己并不感到缺乏什么，没感到缺乏什么，也就没有什么欲求。

这是无智者与性爱的图式。

“无智者也能产生艺术吗？”这是个命题。

这本来就是正题，但是，我们突然飞跃了2300年，不能不想起用20世纪的托马斯·曼的“市民对艺术家”这种形式提出问题来。

托马斯·曼的《托尼奥·克勒格尔》是有关艺术家的自觉的悲痛的自白，艺术家托尼奥，正是柏拉图式的性爱的产物。托尼奥天生就缺乏自觉。托尼奥笨拙，连交际舞都没能跳好。

在托尼奥的眼帘里，映现出两个金色灿烂的人物。一个是勇敢的少年汉斯，另一个是美丽的金发少女英格。托尼奥一面半绝望地想成为汉斯那样的少年，一面半绝望地想爱英格那样的少女。但是，他的愿望没能实现。因为汉斯和英格毕竟与托尼奥不同，他们是另一种人。

小说的结尾，写的是：已经抱有艺术家的自觉的托尼奥，透过玻璃门看到具有讽刺意味地同英格结合的汉斯的身影，虽然内心中对这两个世界的决定性的二律背反性感到苦恼，但结果他终于觉悟到，自己是站在两个世界之间的人，只有对充满幸福的生命的市民的爱情，才有力量使文人变成诗人。

那么，汉斯和英格又是怎样的一种存在呢？

汉斯和英格，肉体上都很美，洋溢着生命力。性爱的产物的托尼奥向往他们这是当然的。然而，托尼奥身上有倒错的艺术家的矜持。他的心，爱着他们的美，还爱着他们的平凡。迪奥提玛绝不说性爱欣求平庸。

有一点托尼奥是很明确的。如果汉斯和英格是理解他的艺术的人种，托尼奥恐怕就不会这样地爱汉斯和英格吧。汉斯和英格没有缺乏的自觉。他们满足于他们自己。他们同那个无智者是多么地一模一样啊！不是吗？只是，只有美这一点，是无智者没有具备的条件。把他们改称为“美的无智者”吧。

然而，谈到迪奥提玛，美的东西是属于神的领域里的，是在性爱的上方，而无智者则在性爱的下方。汉斯和英格的存在，就这样分裂地存在于性爱的上方和下方。为什么会发生这种情况呢。我们觉得迪奥提玛把肉体的创造和精神的创造同样看待的方法，以及把肉体的美和精神的美放在同一体系中的那种做法，很美。可是经过此后的 2300 年，这样做下去就不行了。从容易映入眼帘的少年的肉体美，到不可视的永恒的美，把美的等级制度看成是美。但是，这样下去就越发不行了。

在托尼奥居住的世界里，肉体和精神已经分裂了。他只有在缺乏的自觉方面，在古代艺术家的秘密意义里，同那个性爱有联系。然而，托尼奥已经丧失了那种状态，即性爱的求爱运动原封不动地意味着艺术家生命力的状态。托尼奥的性爱，必须在求爱运动之前，受到求爱运动的动力。追加补办艺术家的手续（其实是绝望的手续）。

托尼奥的性爱，在哪里寻求其动力呢？在平庸那里。正因为平庸，所以汉斯和英格的存在才保持着生命力。但是另一方面，艺术家托尼奥的内心底里也潜藏着原初健康的性爱，因此托尼奥首先要寻求那种存在的美。托尼奥遭到了这种求爱的分裂状态。对于托尼奥来说，艺术行为实际上将成为绝望的东西。《托尼奥·克勒格尔》的结束语是：两头牛的两肢被分裂，而且是在微笑，令人感到这是一种教谕。

且说，如前所述，汉斯和英格的肉体美，同精神的无智分裂着。实际上，这种分裂同托尼奥的分裂是对应的。但是，他们不绝望。为什么呢？因为他们无智，他们没有缺乏的自觉。

绝望的托尼奥要到哪里去寻求艺术行为的样板呢？他自身的性爱，自身的缺乏的自觉，如果只有分裂意识的话，那么对他来说，可以认为艺术家同有统一的意识是二律背反的。

他说不定会不当艺术家，不做性爱的产物，也不拥有缺乏的自觉，而想变成统一的意识本身呢。自己主动闭上眼睛，变成人为的无智者（当然这是与汉斯和英格那样真正的无智者是不同的）在不需要性爱的艺术里，也许会梦见获得统一的意识。

这种自我撞击的艺术观、期待着不需要性爱的艺术的心理、梦见无智者能够创作的艺术心理……这是20世纪我们叫做“法西斯主义的心理”的东西。

1955年6月

戏剧的诱惑

一　喜好均衡

我像水在低处流淌那样，开始写剧本了。我心中所描绘的戏剧地形，似乎比小说还要低得多。在更本能的地方，就是在更接近于小孩儿游戏的地方。

但是，初次写剧本时，不知道该怎么写才好。据说施托姆〔施托姆（1817—1888），德国诗人，小说家。著有《茵梦湖》等〕给海泽〔海泽（1830—1914），德国作家。著有《犟妹子》《世界的孩子们》等〕的信中说“长篇小说和悲剧是同胞姐妹”，迄今写短篇小说的我，凭着这个秘诀明白自己可以写独幕剧。一旦执笔，看到被对话填满整张稿纸时，心中有说不出的羞愧和不安。

在这之前，我认为作为散文来说，对话过多的小说是低级的，我一直在努力节约对话。

作为小说家，我的教养是偏颇的，而作为剧作家的教养就更偏颇了。我也曾想过，创作戏剧犹如学习作曲的对位法那样，需要学习剧作法吧。不过，我没有读有关这方面的书，连实地观看话剧，也是从战争末期观看文学座首演的《女人的一生》开始的。在这以前，我从舞台上获得的感动，只限于歌舞伎和能乐，所读的东西也是以净琉璃为主。我没有现代话剧作家的东西，我非常佩服鸥外的《生田川》和郡虎彦的《铁轮》。此外我喜欢阅读翻译的希腊悲剧、拉辛的剧本和说“犹太人拉辛”坏话的波尔图·利修的作品等。

于是，我尤其向往舞台艺术。

现在我写小说，又写剧本，没有感到任何矛盾。剧场和书斋，是我的跷跷板的两头。

舞台艺术所具有的变幻无常，令人感动的画框舞台形式的严格，启幕和闭幕的裁断时间，概括确切的效果，舞台小道具强烈的暗示力……这些东西，对我都具有可怕的诱惑力。

但是，当我踏踏实实地撰写自己所喜欢的小说时，取代这种诱惑的，有不可估量的牢固的幸福。我感到不幸的，只有在我干着不动心的工作的时候。

童年时代，我喜欢玩积木。它使我明白只要搭上另外一块小积木，已搭的东西就会立即失去均衡而瓦解。我很喜欢这种追求到极限，想方设法保持重叠地摞上的东西的均衡。我还深深地倾倒于左右对称的物象，一对美丽的巨大石门柱等。我只要看到这种物象，就感到高兴。看到巨大的枝叶繁茂、郁郁葱葱的树木，我也高兴极了。

我觉得大树恍若音乐。我看到尽情地向天空伸展的无数小枝丫，它对树干来说，虽然不是完全左右对称，但枝丫和树干都是复杂地遥相呼应，形成一种均衡的静止的姿态。

实际上，不论小说还是剧本，凡是我所想做的事，我都想尽可能地把幼年时代的这种嗜好投放进去并加以运用。我不采用戏剧上的烦琐主义，也不采用小说上的烦琐主义。妇女们凑在井边聊天式的东西，邻居某太太的传闻式的东西，是小说和剧本同读者和观众联系的惟一的纽带，它被称为现实主义，它是令人感到为难的。不过，剧本的乐趣，就在于超越并克服用一切类似烦琐主义的东西装扮自身的烦琐主义。

政冈〔政冈，松贯四等合著歌舞伎剧本《伊达骚动记》中乳母一角的名字〕烧饭，的确是日常琐事，但它照样可以超越日常性的意味而成为戏剧性契机。我想我的小说也必须这样做。

二　与破坏的调和

我写了我喜欢均衡和左右对称，不过搭积木孩子的喜悦，仅此还未能尽意，用锔子或钉子把积木固定起来，就不会嘎啦嘎啦倒下来，这样的积木会使我的兴趣减半。虽然我憧憬着建筑的原理，但我没有成为建筑家的原因就在这里。

学生时代，我在新关良三先生的书里懂得了“灭尽净”这个词组，它曾使我神魂颠倒。连同“悲惨的结局”这个词组，它们留给我的记忆至今依然成为我的悲剧的理念，成为我无法形容的奇妙的支柱。因为我喜欢积木的瓦解。

同均衡差不多，我同样地喜欢破坏。正确地说，只顾面向破坏而被统制、被组织的均衡的理念，就成了我的戏剧的理念。扩大地说，就成了我的艺术的理念。

艺术工作是从事创造性的工作，我觉得这种说法既是美言丽句，也是概念性的思考方法。对破坏与破灭的冲动，必然伴随着艺术创造的半面，没有比达到悲剧的结局的戏剧结构更能使它感到满足的了。戏剧之所以要求最知性的结构，正是因为这个缘故。

如果说弗洛伊德学派所说，人是在对生的欲望和对死的欲求的均衡中生活着的，这是真实的话，那么也可以说戏剧是艺术的模范的典型。为什么呢？因为戏剧就是构造这种生的构造本身。

法国剧本分节的方法是以登场人物为本位的，比如《费德罗》，第一幕第一场（伊坡丽特、特拉美努）、第二场（伊坡丽特、艾诺努、特拉美努）这种分法，把逐渐朝向悲剧的结局倾斜的时间，放在情节发展过程的均衡上加以切断，以显示其横断面，并运用概括暗示，我是非常喜欢这种手法的。在面对悲剧的结局之前，这种小休止所呈现的瞬间均衡的美，实在是无与伦比的。

我也是由于同样的原因，迷恋上拉迪盖的小说按小节分段落之美。

我撰写剧本，好几次随剧本“显露头角”（这是多么眩惑人的语言啊！）。这时我对小说的思考方法也发生了各种变化。

为了使某种固定的风格焕发出青春，必须强制性地让它接触别的风格，这是我的想法。假使我是个中了现代剧的教养的毒素的剧作家，那么我可能会像美国现代剧作家那样，尝试着通过纱幕和照明的运用，把回想和无意志的记忆的小说手法，吸收到剧作中来。但是，我是作为小说家起步的，从日本暧昧的现代小说的方法来看，古色苍然的易卜生那严格的逻辑性构思也十分新鲜，颇具魅力。现代小说也并不逊色。

现代日本固定化了的小说理念折磨着我。于是我想，有朝一日我要把剧本的法则强行引进小说的法则里。

这么一想，就觉得不论哪种西方小说仿佛都是戏剧性的。巴尔扎克的小说，陀思妥耶夫斯基的小说，是多么戏剧性的啊。对于我来说，所谓戏剧性这句话，就意味着是同一切无意识的本能的小说的写法相对立，由此看来，让对立的契机成立的有意识的方法都是戏剧性的。

……由于这个缘故，只要我在现代日本的一个角落上还一息尚存，我就要撰写小说和剧本。对我来说，这绝不是两面派。

1957 年 9 月

迷恋拉迪盖——我的读书经历

童年时代，我与其他孩子一样，阅读一般的儿童读物。

首先，母亲从丸善书店给我买来了布制英语的猫图画书。我也看了武井武雄的图画书。我喜欢的是那本又大又厚的童话书，它的构造是翻开某页，本是折叠起来的诺亚方舟就会整个竖立起来。当年有许多这样的像玩具一般的书，我也有带有岸边福雄园长配了音的唱片书。

但凡童话，我什么都读。小波〔小波，指岩谷小波（1870—1933），日本儿童文学家、小说家。著有《鬼车》《黄金丸》等〕编的《世界童话集》，我读了不知多少册，三重吉〔三重吉，指吉铃木三重吉（1882—1936），日本小说家、童话作家。著有《影》《黑血》等〕编的《世界童话集》，我也不知读了多少本。富山房豪华版《印度童话集》和中岛孤岛译的《一千零一夜》，也是我爱读的书。《赤鸟》杂志虽然出版了停刊号，不过它的过期杂志，我多少也读了一些。漫画是野良黑〔野良黑，即野良犬黑吉，是田河水泡绘作的儿童漫画中的主人公的名字〕时代就看过，成书时，平井房人的《快速太郎》等，我不知看了多少遍。

然后，到了《少年俱乐部》时代。我急切地等待着每月 10 日它的销售日的到来。山中峰太郎的冒险小说、少年评书，还有南洋一郎的《怒吼的密林》和高垣眸的《豹眼》等单行本，我都阅读，真可谓勤奋了。我对南洋的憧憬，就是始于这个时候的。

当时，是禁止我读大人的书的。我经常偷看大人的书。在祖母的病榻旁，经常放着泉镜花的初版书，这样的书虽然看不懂，但我也浏览了。

大概是十一二岁的时候吧，我在书店里，看了岩波文库本的王尔德剧本《莎乐美》。比尔兹利〔比尔兹利（1872—1898），19 世纪英国插图画家，继王尔德之后唯美主义运动的突出人物，为王尔德的剧本《莎乐美》所作的插画使他遐迩闻名〕的插画简直把我迷住了。回到家里读着它，我觉得仿佛被雷神捆绑住了似的。这才真正是大人的书。恶，放任自流了。官能和美，解放了。哪儿都没有教训的气味。

我是怎样将王尔德同谷崎润一郎联系起来，已记不清楚了。谷崎的作品，我首先读了《春琴抄》《割芦苇》和《盲人物语》等，从当时市场出售的作品开始读起来，我逛神田旧书店时，也购了他早中期的作品，并且全读了。

这时候，我还零零星星地读了一些翻译作品。中学三四年级的时候，我读了拉迪盖的作品，受到了冲击。但是，那时我是不是完全读懂了他的《奥热尔伯爵的舞会》呢？这是值得怀疑的。我总觉得不太明白，就像看见美丽的马而感到它美一样，清楚地看到了作品那种无法形容的透明的美。拉迪盖英年早逝，他写这部小说时的年龄，也使我燃烧起斗志。我疯狂地妒忌他，我狂热地要向拉迪盖挑战。我更热心地制造小说的废品，这是承蒙了拉迪盖的恩惠。有一段时间，我未能从“拉迪盖热”冷却下来。于是，我渐渐想探索拉迪盖小说的源流。我读了《克雷布夫人》，读了《阿道尔夫》〔《阿道尔夫》是法国小说家贡斯当（1767—1830）于1816年撰写的小说。它开了现代心理小说的先河〕，读了拉辛的作品，也读了希腊悲剧。我这才明白拉迪盖的确是与法国文学的真髓、真正法国的东西一脉相承的。但是，我大量阅读和探讨法国文学史和研究书籍，是其后的事了。

我阅读拉迪盖作品的时期过去后，接着就是阅读古典作品时期的到来。这大概也是受拉迪盖的影响吧。据说拉迪盖读了相当多的古典作品。

不，在这之前，我有一个时期热衷于里尔克的《马尔特·劳里茨·布里格纪事》，不知怎的，对里尔克的体验，没有对拉迪盖的体验那么沉重。因为我还是喜欢气概轩昂的东西。比起哲学家来，我更喜欢身穿连铠甲铁片的绯色皮条服饰的年轻武士。

我之所以埋头阅读古典，是因为当时的时势是右翼国文学的全盛期，以及学校老师的指导的结果。我喜欢阅读的古典有《大镜》〔《大镜》(1025)，作者不详。日本历史物语，分 3 卷本、6 卷本和 8 卷本 3 种版本，描写自文德天皇至后一条天皇止的 14 代天皇 176 年的历史传记故事〕等。我曾有过这样的时期，喜欢阅读王朝日记之类以及谣曲等，随手抓来就读，在阅读过程中，这回我又喜欢上上田秋成〔上田秋成(1734—1809)，日本江户后期的国学者、《浮世草子》作者、歌人。著有《雨月物语》等〕，进而又泛读净琉璃。至今我对净琉璃那种奇妙的文体还情有独钟。

我喜欢阅读鸥外的作品，大约是进入大学以后，在战后的事吧。在这之前，我不知道鸥外的作品好在哪儿，学校教科书里出现的《山椒太夫》等使我感到干燥无味，也可以算是优异之处吧。进入法律系学习，讨厌学法律的时候，我突然喜欢上鸥外，这回不是滥读，而是时而仔细地咀嚼一篇短篇小说，时而认真地玩味阅读过的《涩江抽斋》。在鸥外的作品里，充满一种足以让成年人着迷的不可思议的力量。鸥外文学之美，打开了我的眼界，也说明我已是个大人了。我依然确信明治以来最美的文章，就是鸥外所写的东西。至今我依然没有失去这种确信。

鸥外冷却了我的“拉迪盖热”。我从拉迪盖的魔力中摆脱了出来。鸥外的作品还把我带进了迄今我不曾关心过德国的世界，我体味着托马斯·曼的小说中那股真正的德国韵味，它渐渐地打开了我的眼界。本世纪的作家中，我最倾倒的还是托马斯·曼。

后来我广泛地阅读各种书籍，抓到什么就读什么。制约着一个人一生中的读书倾向，大概是青年时期以前的读书习惯吧。

1956年2月20日

我迷恋的东西

一　恶魔这种东西

从最初投入文学起，我对王尔德的剧本《莎乐美》，尤其对附在剧本中的比尔兹利的插图特别迷恋。我最初迷恋这些东西，完全是偶然的。是什么东西在吸引着我，我也无法说清楚，只觉得内心仿佛在酝酿着某种不安，并且在寻求同这种不安结合的东西。我从一开始就觉得这种认真的艺术、教训式的艺术、道德性的小说，毫无魅力。只是，吸引我的恶魔性的魅力这种东西，远比王尔德本身拥有的更加肤浅，这倒是确实的。

后来，我又逐渐地被谷崎润一郎的作品所吸引。不过，我总是天真地、非常感性地幻想着恶魔这种东西。自己什么坏事也不能做，然而却感到自己对坏事抱有兴趣。于是，我开始关心起艺术来，可见我总是把坏事同美联系在一起来思考的。因此，对人类来说，美这种东西似乎是一种难以为情的、应该隐秘的东西。

我撰写小说的最初动机，也是企图从深藏在内心里的那种可怕的情绪中摆脱出来，才开始从事文学创作的。我还不懂得明确的、肉眼瞧得见的、明朗而有序的美。我仿佛油然生起一种威胁着自己日常生活的、不知从哪里袭来的恐惧。这种恐惧驱使着我走向文学。

二　古典的平静

然而，我逐渐明白了文学所具有的魅力，不是凭一般的手段就能寻觅到的。抓住我的恶魔是天真的、是官能性的恶魔……从精神分析的角度来说，我不能只从少年时代那种潜意识的可能是性欲的、官能性的恶魔那里，一味苦思冥想自己心中的恶魔问题。再说，还有，是不是与自己是个日本人，星期天又不去教会，过着不关心上帝的生活有关呢？如果不是关心恶魔就是美这种简单的联系的话，那么我也许早就是信奉宗教的人了。

只是，我阅读了许多小说，在接触各种宗教的过程中，我逐渐明白真正的艺术之美，是更广泛、更明朗，这样说也许显得很怪，不过，这种美是更平板的东西。就是说，虽然那里可能隐藏着什么，但作品的表面是歌颂秩序的正确的、充满光明的作品。这种想法在我脑海里浮现了出来。

那时候，我接触并非常受感动的作品，是拉迪盖的《奥热尔伯爵的舞会》。我通过它才逐渐明白，除了王尔德所具有的不均衡的美之外，还有均衡的美；除了恶魔性的东西的奔流之外，还有阿波罗式的睿智创造的艺术的美。人的觉醒是由官能性的东西向知性的觉醒发展的。少年时代谁都明白这一发展的轨迹，我也是从这一轨迹走过来的。我们少年时期突然想读哲学书，或憧憬着知性的东西。在我看来，这还是一种冲动，长出粉刺的少年感到自己体内涌起一种冲动的不安和性的不安，就会产生一种恐怖感，即害怕自己如果不掌握一种驾御或操纵它的本领，人生就将破灭。可以认为这是一个时期的觉醒。如果没有这种冲动性的东西，恐怕知性也就不可能有力量吧。因此，我认为少年时代可能没有性欲的知性的自觉，只有了解人生的一半的能力吧。

且说我内心也曾涌起自己对不安的斗争，或驾驭自己对不安的智慧。不过，拉迪盖的小说确实给我们全面地回答了这个问题。就是说，20 岁的少年竟能如此理顺自己简直又能如此平静地构筑起作品的抽象世界，对我来说，这种成功的例子，简直是奇迹，是惊异，是一种神秘。总之，少年时代，不论你如何阅读自己难懂的书，积蓄知性的力量，也会出现超过它的东西，这种东西同超过它的东西的斗争，总是在行将破灭的不安中扩展开的。可是，拉迪盖却能同它进行巧妙的斗争，并且能像降服恶龙似的，在自己体内构筑起完整的秩序来。就像战争期间我的情况一样，当时我从正面切身感到我周围的世界渐渐崩溃下去，虽说什么一亿人一条心，但我觉得大家都住在一个伪善的世界里。从根本上说，这是在迈着崩溃的一步。

在这种环境中，拉迪盖的小说具有对这种东西的一种反抗的意义，我越感到时代一切都在堕落，就越发觉得古典的冷静的东西的魅力，强烈地打动了我。这点，堀辰雄也在写，在前次大战后的无秩序的时代里，只有拉迪盖独自抱着秩序，傲然地撰写作品，在被当时的无秩序缠身的青年人中，他一枝独秀地亭亭玉立，它使我深受感动而浮想联翩。

我从拉迪盖那里接受影响的这种时代，几乎一直延续到战后。我觉得战争结束时，日本也出现了拉迪盖所体味到的无秩序的景象，这种想法越发使我成为拉迪盖的狂热的崇拜者。事实上，如今回想起来，我觉得日本在这次大战后的无秩序状态，与其说像欧洲的第二次大战后的无秩序，不如说更像欧洲第一次大战后的无秩序状态。

三　两种东西的综合

但是，战争结束后不久，我也逐渐从拉迪盖那里清醒过来，这样的日子终于到来。那时，我阅读了森鸥外的作品。森鸥外和拉迪盖不同，是一位高尚的成年人。他轻蔑感情是把一生都放在非常知性的抑制下度过的人物。虽说拉迪盖是冷静的，但是不能说与他那过分透明的美相反的，从少年期向青年期转变时就没有诉诸时代的感伤情绪。森鸥外则不论从哪点看，都没有诉诸感伤的成分。我讨厌自己体内的感伤主义，我对森鸥外蔑视感伤的态度、非常冰冷、非常理智的优越感，其背后所隐藏的虚无主义、完全无感动的这种东西渐渐感到有一种魅力。反过来说，也许我只凭对拉迪盖的魅力，就无法找到足以对战后时代的危险潮流进行抵抗的立脚点。

然而，森鸥外是一位比拉迪盖更难模仿的先生。我觉得他是一位非常成熟的成年人，是明治时代的人，是综合东方与西方教养的伟大人物，同时又是一位背后恰恰对所有恶魔的东西、一切黑暗的东西拥有知性的人。例如在他的短篇《百物语》等作品里，可以窥见比我少年时代所憧憬的王尔德的恶魔主义更强烈的、更阴暗的恶魔性的东西。

我循序渐进地在文学上懂得思考知性的东西与感性的东西、尼采所说的阿波罗式的东西与狄俄尼索斯式的东西，缺少哪一方都不是理想的艺术。这样我现在就逐渐憎恨战争期间的浪漫派，与此同时，我也逐渐感到没有浪漫性冲动的古典主义，也是没有意思的东西。现在回想起来，战争期间搞的布尔热〔布尔热（1852—1935），法国小说家、文学评论家。“一战”期间法国保守知识分子思想的代表人物，支持教会、国家主义和君主政体的说教〕的小说是枯燥的知性的产物，我逐渐清楚地知道了那种东西没有什么艺术力量。并且还逐步清楚地懂得了沉淀在拉迪盖那冷静的艺术深层的东西，是由抗衡拉迪盖少年时代的罗曼蒂克的心情所支撑着的。我仿佛在抗衡这个词里找到了艺术的秘密。时代恰逢盛行抵抗的时代，所有的人都宣扬在日本也有反抗似的。于是，在自由与无序的氛围里，不知向何方的反抗的气焰高涨，这种现象在青年中是一种流行。因为所谓逆反的路线还没有到来。

我绝对没有企图利用时势，不过从青年期的冲动中，我渐渐感到自己对世俗性的东西的反抗，或者对既成道德的抵抗。我思考着设法把这种主题镶嵌在古典的形式里，我对形式的欲望，越来越只倾向古典的方向发展。我内心中的文学的主题，越来越陷入为抵抗而抵抗、为反抗而反抗的境地。

但是，另一方面，我体内毫无办法的明朗的艺术的魔力又开始复苏。以音乐来说，就是莫扎特那样的，以小说来说就是斯丹达尔那样的东西，而且这些东西之外还有希腊的艺术。我还是以尼采式的思考来看待希腊的艺术，不过，不管延伸到何处都不只是偶然看见的没有阴影的明亮、完全的冷静，有时是爽朗、快活、朝气蓬勃的，我被潜藏着最深沉的不可思议的东西所打动。于是甚至以为最表面的东西就是最深层的东西。为什么呢，因为我已经厌腻心理分析，我并不认为人的问题全部都是从那里产生的。毋宁说，我感到人的一些表面的动态，或是在描写曝晒在阳光下的平面上的东西，反而会出现人类存在的恐怖或阴暗。

那时，我有机会出国旅行。我一边在外国旅行，一边不能不越发深深地沉浸在这种思考里。使我迷恋的东西几乎都是事物的表面。已经不是人的心。比如在巴西，在那灿烂的阳光下，人的心完全被隐藏了起来，只有一切事物的表面在闪烁着反射的阳光。还有在意大利和希腊，在干燥的空气中，到处都在使用的大理石材料，这些都没有阴影，归根到底都是停留在表面的美上。映现在旅行者的眼帘里的，是它们在唱歌，开怀地享乐人生，仿佛惟有现在才是活着的。我简直像被这种看似肤浅的拥有光明的神秘所深深地吸引住。只想藏身在黑暗中，对深刻的民族和艺术渐渐地不感到有魅力了。

于是，我开始了对希腊的狂热。我尝试着学点希腊语，但是太难了，后来就没学下去。具有希腊艺术性的东西，在现代不可能复苏，但它所具有的理念，反而比现代艺术更加强烈地逼将过来，这是无可奈何的事。

四　朝向根本破灭的冲动

且说，现在我所感受的魅力是什么，我也不十分清楚。我想大致可以说，在艺术里不管怎么说，都有朝向破灭的冲动。我想托马斯·曼之所以对市民性的东西那么关心，是因为他的体内蕴含着向破灭更强烈的冲动的缘故。托马斯·曼费尽毕生的精力，表现出坚决成为一个真正市民的演技，但我读托马斯·曼最近的作品《受欺凌的女人》等，也写了人受自然的欺凌，人的无意识的生命通过自然的力量不知不觉间被引向破灭这个古老的主题。是什么东西迫使我们那样地涌起破坏的冲动呢？我们不能永远相信建设性的艺术，而且艺术的根本就是使人从普通市民生活的健全思考中觉醒过来，使人不丧失陷入令人震惊的思考。如果艺术家所从事的工作，同市民的思考全然一样，那么就没有艺术出现的动机。我想，这可能是不把现存某处的东西一下子毁灭掉，事物就不能复苏，恰似希腊的阿多尼斯〔阿多尼斯，希腊神话中的美少年。一般把他看成是植物的精灵，他的死亡和再生表示自然的循环〕节那样，一切收获的仪式都是从阿多尼斯的死亡中产生出来的，艺术这种东西只能通过一度死亡再复苏的形式来把握生命吧。在这点上，文学也像古代的秘密仪式那样。庆祝丰收的时候，一定充溢着死亡和破坏的气味。但是，死亡和破坏也不能原封不动地闲置在那里，它一定会预感着春天的复苏。

一般地说，我对只把死亡和破坏本身当作主题的艺术不怎么感兴趣。我对所谓疯狂的艺术以及疯狂的天才，没有太大的兴趣。我还是梦想着通过死亡和破坏总是可能复苏的。我以为这种梦想同根本性的破坏的冲动很好地完全一致起来的时候，就有可能产生出优秀的艺术来。

比如，我喜欢建筑的理念，数学和建筑不仅是希腊艺术，也是欧洲艺术的基本。但是，真正的建筑有其目标，即要建筑成永远不坏的房子。恐怕没有哪个建筑家想兴建刚一完成立即就毁坏的建筑物吧。这就与艺术存在根本性的不同。艺术这种东西，作为作品的形式与建筑相似，优秀的小说、优秀的艺术也如同坚固的建筑，可以保持上千年、二千年。不过，我想这种建筑所具有的理念，恐怕不能是相反的，即刚一完成就毁坏掉了吧。

我经常喜欢拿积木作比喻，不过，优秀的艺术具有类似积木那样的结构，像搭积木那样要取得平衡而组建起来，但建造时作者的心情，必须是不组建到把最后一块木片搭上去，就不会感到满足，纵令一搭上去，这份积木工艺立即毁坏掉也罢。积木在保持完全平衡后，就不继续再搭了。我认为这样的作者就不是个艺术家。社会上教训式的作家或所谓号称健全的作家，是讨厌毁坏积木的。尽管明知搭上最后一片积木，眼看着整个搭起来的积木就会倒塌下来，但还是把最后的一片积木搭上去，于是积木就稀里哗啦地整个倒塌下来。我认为这样的积木工艺才是艺术的建筑术。

1956 年 4 月

永恒的旅人——川端康成其人及作品

一

几天前，报上报道说，川端氏中止了以笔会代表身份再次访欧。每年，报刊都要像举行定期仪式似的报道川端氏出国参加国际笔会大会的消息。不久，又像举行定期仪式似的报道中止了这项计划的行程。一般读者恐怕不知是怎么回事吧。

但奇怪的是，连川端氏本人也不晓得，我好几回问过他：

“今年真的要去吗？”

“噢，不知道呀。”

我接触到的只是这样的回答。即使到了最后的时限也是这样子。于是，结果变成按川端氏本人的意向中止了。

一般地说，我的看法是，真正需要出国的文人，无论如何命里注定是要去的，发生事故而不能成行的文人，其实是真正不需要出国的人。奇怪的是，我的这种主张很符合川端氏的情况。但是，我的问题不在于此，而是在于围绕着川端氏发生的访欧和中止访欧的来龙去脉，以及川端氏的决定经过的某种规律性。

川端氏的生活、艺术和人生的各个方面都是这个样子。谁也不知道川端氏究竟是真的想还是不想到外国去呢？谁又能知道连川端氏本人也不知道的事呢？

从像我这样的忙碌的、墨守成规的、办任何事都必须按部就班的男人角度来看，川端氏是一种惊异。就像上帝为了造人，先造庭园，考虑着各种对比，一边享乐一边制作一样。大概这样才产生极端的性格上的对比吧。按东方式的思考，我是个小人物，川端氏则是个莫测高深的、无法捉摸的、汪洋大海般的大人物。

然而，一听到人们把川端氏说成诸如他是个“宰相肚里能撑船的人物”或“度量大的人物”等，又觉得不恰如其分。因为从他的性格类型来看，我们马上会联想到西乡隆盛〔西乡隆盛（1827—1877），政治家，明治维新领导人〕的类型。可是川端氏身躯消瘦，拥有敏锐的神经，与西乡隆盛毫无共同之处。另一方面，我们也知道人们说他具有现代性末梢神经的病态性敏锐，或说他具有古美术收藏家的纤细美意识，流传着许多世俗的偏见，如此这般地来看川端氏。事实上，川端氏的作品不能说是豪放的、英雄式的，却可以说是纤细的，甚至令人震惊的敏感。

川端氏这个人物的独特性，就在于他拥有这种不可思议的成分混合而成的性格，那么他的生活与作品是不是完全是另一种东西呢？不然，他的生活与作品又有一条共同的纽带贯穿其间，这是越发不可思议的。在他那纤细的作品里，随处都可以发现那种大刀阔斧的、极其大胆的笔触。

二

有人说川端氏是个冷若冰霜的人，有人说他是个温馨可亲的人，不同的人简直有全然不同的评价。不过，如果以极世俗的话来说，他是个温馨可亲的人，他确实是个温馨可亲的、侠义可敬的人。比如他对穷困者给予物质的援助，帮助别人解决就业问题，照顾恩人的家属，等等。在他的半生中，这种美谈逸事堆积如山。从那些人的角度看来，他既像幡随院长兵卫〔幡随院长兵卫（？—1650），江户初期的侠客〕，又像清水次郎长〔清水次郎长，即山本长五郎（1820—1895），幕末·维新初期的侠客〕吧。在他的这些行为中，没有丝毫伪善的气味，这也是他的特质。现在我行将外游时，川端氏夫妇特地光临舍下给予激励，我将独自出门旅行，心中没底，他们的激励不知给我增添了多么大的勇气。

但是，从极世俗的意思来说，他是彻底地欠缺那种温和人所具备的过剩亲切心、强让人接受的烦人的善意，以及接二连三地擅自闯入别人私生活的态度。这十年来我虽切身地受到他的教诲，但从未得到过他真正的忠告。当然，也许他以为我这个人即使忠告，反正也听不进去，为什么要白费劲……他是个酒量小的人，不会陪我豪放地对酌，大概也是这个原因，这十年来，他一次也不曾半强制性地让我“来作陪”。在街上偶然遇见时，后辈的我还邀请了他去喝茶。

社会上过着这种生活方式的人，诸如“去喝一杯！”或“这家伙真不是个好陪伴呀！”从这种人的角度来看，他们觉得川端氏冷若冰霜，是理所当然的吧。就说我吧，有时候，遇上他处在某种愉快的状态时，我也不是不希望他带些哪怕是荒唐事来和我叙谈，可是，怎么说呢，这种事无论如何是不会发生的。

有人这样说：

“如果要同小说家做伴旅行，最好的选择莫过于川端氏。与他一起旅行，他什么都要操心。在事务性方面，他着实很亲切。除此之外，他完全是放手不管的。”

如果此人的话是真实的话，那么川端氏的全部人生就是旅行，可以认为他像是个永恒的旅人。人们偶尔在人生的一个角落上落脚歇歇，最后就想给街坊邻居施以恩惠，对老太太亲切相待。那么能不能采取像川端氏那样的生活态度经常外出旅行呢？那也不一定行得通，许多人外出旅行，会越发让周围的人感到厌烦。

尽管如此，我们很难达到不需要任何忠告的思想境地。从理论上说，一切忠告也许都只不过是自我主义的伪装。不过，别人忠告我们，我们很可能又会忠告别人说："忠告什么，只不过是一种自我主义的伪装罢了，不是吗？"假若粉碎忠告这种愚蠢的社会性的幻影，我们又害怕其他一切幻影也会都被粉碎，人就完全孤独了。

这里就产生了这样的传说：有人称川端氏"孤独"，还有人从另一种角度出发，称川端氏为"高手"。当然，创作需要孤独，不过，成为强有力的创作母胎的彻底的孤独，也不是从游手好闲的惰性的孤独感中产生出来的东西。普鲁斯特虽然把自己关在软木房间里，但也不时穿上皮外套前去造访他的文友。更何况川端氏身心健康，既没有宿疴，也很少感冒，没有理由挂着一副厌世的面孔，陷在人们凭想象描绘出来的慢性的孤独中。

川端氏的确经常出门。虽然不像坡所写的《群集的人》那样，但在人群聚集的地方发现川端氏的"孤独的"面孔，并不是稀奇的事。尽管他带有可感兴趣的表情，可他却是个好奇心旺盛类型的人，也许可以将他和正宗白鸟算入这种类型的人吧。在众所周知的镰仓文库时代，他作为刻苦勤奋的董事，规规矩矩地带着饭盒上班，他饭量小，一下子不能吃得很多，小小的一盒饭分成四次吃。如今这个时代已是不需要带饭盒了。他照例出席笔会例会，从不缺席，与外部谈判作种种繁杂事项时，他都在场。

有一两回我同川端约定会面的时间和地点，他准时赴约，令人吃惊。不过，你以为他所有事情都讲究效率吗，也不尽然。

记得他年轻的时候，房东老太太来催促缴纳房租时，他只顾默默地坐着，逼使老太太无奈自动离去，这已成为他有名的逸闻。他的私生活，现在也看不到有什么计划性。从新晋作家时代起，他就喜欢住大房子，听说他在热海租了一间大宅邸，有客人来投宿时，夫人就得急忙去租赁棉被等，纵令这种逸闻是杜撰的，但也的确像川端氏的为人。据说有段时间，他的住宅是租来的，而在轻井泽却拥有三间私人别墅。恐怕像这样的人为数不多吧。他对古董店也很着迷，可以想见他为此费了不少苦心。

特别不可思议的是，他为来客腾出时间，几乎是来者不拒。他在家的时候，经常有十名或十数名编辑、年轻作家、古董商、画商等围坐在他的周围。我屡屡造访他，尽管是坐在末席。来访者立场不同，目的各异，主人如果不是出色地应对这么多的客人，话题一定会中断，这是当然的。某客人说了些什么，他三言两语就回答了。沉默片刻，又有人唐突地发言，复又沉默……这样几个小时就过去了。

一般地说，我生性急躁，耐不住别人的沉默。世间还有慢性子的人，对手越沉默他就越轻松，还有的人专以沉默不语的人作为对象，丝毫也不觉得累。大体上川端氏是属于这种类型的人，他似乎是在思考别的什么事，从神情来看，几乎没有露出倦态。因此，川端氏作品的责任编辑也需要这种人最合适，即需要能够把连续几个小时呆若木鸡的沉默氛围当作一种享受。川端氏来到众多造访客等候着的客厅里，有人提出由谁最先发言的问题，据说他一定是让年轻的女性优先。

川端给初次见面的人的第一印象不好，这是出名的。他沉默不语，总是直勾勾地凝视着对方。胆小的人，就只顾揩拭冷汗。甚至传说有个年轻的没经验的编辑小姐，第一次造访他，可以说运气不好，也可以说运气好，他家没有其他客人，川端氏沉默了半个钟头，一句话也没有说，这位小姐终于忍受不住，哇的一声哭倒在地了。

川端氏的客人中有古董商，当古董商带来他喜欢的名品时，他就只顾埋头观赏古董，连古董的古字都不懂的这古董商，不得不陷入只顾一味鉴赏川端氏的背影和古老名画的窘境里。起初川端氏大概把我估计过高吧，让我看了他所收藏的各种珍品，可是我全然没有显示出关心的样子。近来他也就死了心，不再给我看了。

大年初二，川端家有迎接宾客的习惯。战后我第一次参加这种聚会，只见大家谈笑风生，惟有川端氏离群，独自坐在火盆旁，一边伸手在火盆上烤火，一边默默地望着火盆。那时尚健在的久米正雄氏冲着川端氏突然扬声说：

“川端君好孤独呀，你太孤独啦！”

我记得久米就像大声疾呼似的。可是，在当时的我看来，正热闹的久米氏比川端氏显得更加孤独。我确信，我发现了正在丰硕地创作的作家的孤独。

我之所以冗长地触及川端氏接待客人的态度，乃是因为我有疑问，我寻思着：难道川端氏就不可惜他自己的时间吗？假如川端氏更需要时间料理商业方面的事，那么多少也可以占用他的私生活时间嘛，这就是作家特别的恩典。它当然也能成为商业的对手的利益。但是，川端氏的生活态度还是按照我开头所说的规律行事。只能说他是采取听其自然发展的态度。从另一个角度来看，我打算整理一下在后面再谈他的蔑视生活的态度。

然而，凭他待人接物的态度，也不是不能深切地看到愉快的一面。那就是战后突然兴起同外国人交际。像他那样饶有兴味地观察西方人是罕见的。看到他坐在西方人中间，我觉得他的神态几乎接近小孩子那种兴致勃勃地凝视西方人的天真无邪的好奇神态。

占领期间，美国驻日本大使馆有个有趣的老太太，叫威廉斯夫人，她完全不会说日本话，可是竟然成为川端氏的狂热爱好者，川端氏对她也好生相待。威廉斯夫人不是个懂文学的人，从日本的角度来说，她是个所谓的天理教徒 MRA 的狂信者。大个子老太太性情温和，落落大方，不愧是具有美国式的开朗性格，蛮可爱的。她没有读过川端氏的一部作品，却狂热地喜爱川端氏。川端氏也有点腼腆，他即使会说点英语，但从来也不说的，所以两人只用眼睛和表情来说话。不过，我知道他挺高兴地陪伴着她。《千只鹤》获艺术院奖时，这位威廉斯夫人虽然不懂，却像自己的事似的马上举办庆祝会，我前往参加，看见她所准备的大蛋糕上面只画了一只鹤。我忠告她说："只画一只鹤，显得很滑稽。"威廉斯夫人反问说："为什么滑稽？"

"怎么说呢，滑稽就是滑稽。"我说。

"瞧你说的，拥有千根羽毛的鹤，画一只不也很好吗？！"威廉斯夫人说。

有人给我翻译过来。我心想：这位夫人陷入文字性解读的误区了。

三

写到这里，必须谈谈有关川端氏的作品了。此前如此零敲碎打地描绘了他的肖像画，现在不能吹毛求疵地展开川端康成论了。

瓦莱里的“作家的生活就是作品的结果，而不是相反”这句名言，是尽人皆知的。只是，我近来觉得这句名言使我逐渐抱有这样一种确信：一流作家的作品与生活是相近似，但这不是从私小说的意义上来说。

芭蕉的《幻住庵记》中有这样一句：“很明显，最终无能又无才是一脉相承的。”川端氏的作品与生活也可能是最后的宣言吧。我觉得像川端氏的作品那造型性的细节，同与它相比的让作品放弃整体结构的造型，似乎都是从同样的艺术观和同样的生活态度中产生的。

社会上评价川端氏是有名的文章家。但依我的意见，他最后是一个没有文体的作家。为什么呢？因为所谓小说家的文体是解释世界的意志，这是关键。为了对付混沌与不安，整理世界，划分区域，把它带进狭窄的框架内，作家的工具就只有文体。这里可以列举出福楼拜的文体、斯丹达尔的文体、普鲁斯特的文体、森鸥外的文体、小林秀雄的文体……文体就是这样的东西。

然而，像川端氏的杰作那样完善，那样完全放弃解释世界的意志的艺术作品，究竟是怎样的东西呢？它确实是不怕混沌，不怕不安，而这种不怕像是在虚无面前拉开的一根丝线似的。这同希腊的雕刻家害怕不安与混沌，而把造型意志寄托于大理石形成鲜明的对照，那端庄的大理石雕刻同以全身抵抗着恐怖，正是相反的东西。

川端氏作品中的这种无所畏惧，是指他的生活来说的，这的确是同世俗的暗示表现的诸如“度量”“肚皮”“大胆无敌”等完全一致的。他在生活中，看似虚无的豪放的无计划，同他撰写作品放弃结构的态度，是十分相似的。这番话，我是在没有缜密地调查年谱的情况说出来的，如果有错就加以更正。在他的作品里，大概没有一篇是一气呵成写下来的，所有作品都是新闻媒体的约稿，按传媒约稿的发表形式撰写的。比如《雪国》，长年未写完就搁置在一边，战后才续完的。《千只鹤》和《山音》也是如此，刚觉得他已经写完，但接着又出现续章，经过几年后才最终完成。即使完成了，他也绝对不设定戏剧性的悲惨的结局，是不是真正结束了呢？读者也感到有疑问。在这点上，泉镜花乍看也有相同的作风，把等同于通俗小说的《风流线》，用希腊悲剧般的急速的悲剧性结局联结起来的东西，彼此是相反的。

川端氏这种无所畏惧，这种通过使自己无力而排除恐怖和不安的、不战自胜的生活方式，是从什么时候开始的呢？

想来，这大概是从孤儿的童年时代、孤独的少年时期和青年时期养成的吧。像他这样拥有极端敏锐的感受性的少年，没有受挫，没有受伤地成长起来，几乎是一种令人难以置信的奇迹。但是，他作为文学家在开始成名的青年时期，对自己的感受性之强烈也曾有过自我的陶醉，自我的享受，这是事实。在他自认为他讨厌的作品《化妆与口哨》里，发挥了他那新鲜的敏锐的感受性，这是罕见的例子。感受性照样在小说的行为里起着作用。

在那里，他的感受性变成了一种力量。这种力量照样是一种巨大的无力感那样的力量。为什么呢？因为强大的智力会再构筑世界，但是感受性越强大，他自己的内心就越需要受容世界的混沌。这就是他受难的形式。

然而这时候，如果仰仗于智力寻求救援，事情又会怎样呢？智力就会给感受性以逻辑和知性的法则，感受性就会被逻辑性逼到极限。就是说，会把作者带到地狱去。还是一篇川端氏所说的他讨厌的小说《禽兽》，在那里所窥视的也正是地狱。《禽兽》是川端最接近知性极限的作品，这篇作品恰似横光利一由于同样的契机而撰写的《机械》。后来，川端氏毅然决然背向知性的东西而保全了自己，横光则与之相反，走向地狱，不断地向知性迷惘和沉沦。

这时候，我认为川端氏的内心已经产生了对人生的确信。这种确信，就像是 18 世纪的华托所抱有的那种确信。也许这样比较太突飞猛进。这是情念保持着情念的、感性保持着感性的、官能保持着官能的法则，只要保持住这些情念、感性和官能，就再绝不会受到破坏。这种确信，就像在虚无面前拉开的一根丝线，即使被地狱的暴风雨狂吹乱打也绝不会断一样。如果它是大理石雕刻，就可能会倒塌了吧。

这样，川端氏察觉到在放任他人之前，先放任自己，这才是人生的奥秘。另一方面，需要警惕他人世界的逻辑性法则渗透到自己的内心底里来。然而，在外表上，还必须毫不费力地同他人世界的法则周旋……实际上，有时快乐主义这种东西会呈现出凄惨的外表的，不过，与华托一起，即使把川端氏的艺术称为快乐的艺术，大概也距离它不会太远了吧。

于是，首先必须蔑视生活。为什么呢？因为自己一旦放任，在生活上就成为重要的东西，这是危险的缘故吧。事实上，被放任的自己尊重生活，立志试图确立生活秩序或者破坏生活的意志，作品就濒临危险了吧。在这点上，可能我用词不当，不过川端氏这个人确是非常精明的。

无须赘言，川端氏是个没有文体的小说家，这是他的宿命，缺乏解释世界的意志。恐怕这不是一般的缺乏这种意志，而是他本人积极地放弃这种意志。

从封闭在抽象观念的城郭里的人的角度来看，川端氏的生活方式活像一只蝴蝶在虚无的大海上飘荡。然而，谁能判明究竟哪边才是安全的呢。

如上所述，如果以为这样一位川端氏完全是孤独的，完全是怀疑性的，完全是不相信人的，那么这就只不过是一个黑暗的传说而已。在他的作品里，屡屡出现对生命的赞颂，他对伟大母亲般的小说家冈本鹿子的倾倒是出了名的。

但是，对川端来说，生命是等于官能。他那像人工所散发出来的性爱主义，也是他长久地受人欢迎的一个原因。关于这点，中村真一郎对我谈过这样一段有意思的感想，他说：

“前些日子，我把川端氏的许多少女小说集中起来，一口气地将它读完，真不得了啊！那是极性爱主义的。它比起川端氏的纯文学小说来，更是鲜活的性爱主义呀。那样的东西，让孩子们阅读好吗？在社会上，大家都以为很安全，让我的孩子读川端的少女小说，这难道不是犯了什么大错误吗？”

当然，这种性爱主义必须是大人读的性爱主义，中村只不过是逆说式的夸张说法而已，但是这种感想却引起我莫大的兴趣。

川端氏的性爱主义，与其说是他本人的官能的流露，不如说是他永远不遵循逻辑的结果。不断地接触，或者说不断地尝试接触更接近些。这是真正意义上的性爱主义，其对象也就是生命，生命就在于它是永远不能触摸的机械装置。川端氏之所以喜欢描写处女，乃是因为只要她停留在处女上，就是永远不可接触的，可是她一旦被侵犯，就不是处女了。我觉得川端氏是对这样一种处女的独特机械装置感到兴趣的缘故。在这里，我本来还想谈谈有关作家及其描写的对象之间的——写作主体与被写物客体之间的——永久的关系所驱动的诱惑，可是稿纸已用尽了。

然而，尝试着归纳来看，在川端氏把生命当作官能性的东西来加以赞颂的做法里，我觉得似乎有一种同与它相反的极端知性的东西背道而驰的方法，形成了一对的东西。歌颂和接触了生命，可是最后起了破坏性的作用。于是，宛如一根丝线、一只蝴蝶般的艺术作品，其知性与官能的任何一方都没有遭破坏，好像月亮接受太阳的光一样，只不过是不断地沐浴着它的幸福的光彩而形成罢了。

战争结束时，川端氏说了这样一句意味深长的话："今后我恐怕只能吟咏日本的悲哀，歌颂日本的美了。"——听起来这宛如一管笛子在悲叹，它搏击着我的心。

1956 年 4 月

卡夫卡的作家眼睛

用作家的目光来观察事物，本来不是什么奇特的东西，他却觉得很有意思。世间觉得饶有兴味的东西，在他看来却呈一片灰色，这样一种迷信相当广泛，至今还存在着这种现象。可是，在外国也有这种迷信。最近我接到美国某广播电台挂来电话，约我作广播录音节目，我列举了达十个理由加以谢绝。这时候，对方终于提高嗓门，极力地强调：

“你刚才列举的理由，一个都不能称其为理由！总之，将自己作为一个作家所感受到的，所联想到的，如实地对提出问题回答就可以。因为作家观察事物的目光，与我们的观察目光肯定是不同的。”

一个雨天，汽车终于来把我接走，我被动地请到该广播电台日本分社的一间小办公室里。挂电话的人违背了约定。原来他是个初老的壮汉，一派英国贵族的风度。

一套初次见面的寒暄过后，他立即宣读提问稿，说明了录音的做法。实际上，真正的提问的人是在美国。我回答问题的时候，必须冲着连见都没有见过面的、居住在美国的提问者，亲切地呼唤他为“波布”。因为此刻在我眼前的这个英国贵族，只不过是提问稿的代读者。

英国贵族说明了录音的要领。

“说话应该像是有十年交往的知己……”

“可以说无可奉告吗？”

“不行，对有十年交情的老友提问，怎么可以回答说无可奉告呢？”

“什么有十年交情的老友，我连对方一面也没有见过，况且对方又没有在眼前，这么做太荒唐了嘛。再说，有十年交情的老友，彼此应该开诚布公地坦白双方的秘密嘛。可是，一广播，大家不是都听见了吗？”

经过一番辩论也无用，我被另一个助手和两个壮汉推进了凉飕飕的录音室里。他们劝我坐在带扶手的椅子上，前面伸出了一个小型手提录音机的扩音话筒。

“来，请坐在这张当家人的椅子上吧。”

录音带开始转动，朗读庄重的提问开始了。

“你对美军抱什么态度？”

“一般日本人喜欢美国人吗？”

“你承认美国增进了同日本的合作关系了吗？”

“你喜欢苏联吗？”

……平素我根本不把录音当回事，可是在这种种提问之后，不知怎的，我浑身就像被粘鸟胶粘住似的，感到不自由自在，不想附和一句，也不想解答一个问题，只觉得受到身旁代读者的沉默的压力，只能断断续续地将话儿挤出来，无论人称或语序，都说得前言不搭后语。窗外飘着冰冷的雨。

录完一盘带子，半老的英国贵族责难我说：

“你为什么变得那样神经质，大可不必顾及语法，想到哪儿就说到哪儿不好吗？”

“现在我更觉得英语真难啊。”

“有什么难嘛。在美国，连牙牙学语的婴儿都说英语。”

“我对提问还要思考嘛。”

“思考？ 34 年来你一直思考，还思考不够吗？”

我本想说节目跟约稿时不一样，可是，实际上并没有什么太大的不一样。只是我对这种一个个的提问，作出作家式的回答感到困惑。在日本，通常所谓作家的目光，生来只是为了观察女人、蜻蜓和风景。正因为是作家，在观察女人和蜻蜓时，就跟别人的目光不一样。然而，对上述的提问同别人的看法不一样，就没有什么意义啰。既然不是什么看法，就只有看实际态度了。

“再来一遍吧……你喜欢苏联吗？”

“哦……哦，我不喜欢。为什么呢？……哦，不是政治性的原因……而是因为我觉得这个国家天气太冷、昏暗，阴森森的……我还是喜欢热带的国家。”

“你对广岛遭到轰炸，是怎么想的？”

“哦……哦，我们有凭经验而生活的习惯。我住在东京，没有体验过原子弹轰炸……不过，哦，我觉得那是无法改变的命运。然而，这不仅是日本人的命运，也是全世界所有国家的、所有人类的命运。”

“你觉得麦克阿瑟将军怎么样？”

“哦，哦……他原本是我最讨厌的家伙。不过，如今把他全忘却了，没有什么感情了。”

……提问完毕。

英国贵族突然转变了态度，语气和缓地说：

“好极了。你真是个好人。下次我想和你一起进餐。啊，我要给你介绍接待处的N小姐，她是第二代美籍日本人。是个好人，可至今还没有找到称心如意的对象。她托我有合适的朋友就给她介绍。啊，谢谢，再见！”

我和刚才一样，坐上了日本司机开的车。在黄昏的雨中，他把我送回到市中心。我尝到了一种不讲理的苦头，无法消除内心那股难以名状的愤怒和疲劳。对方提出的所谓作家的目光，难道是一种诈骗术吗？总而言之，他们的所谓不作与别人相同的回答，并不是作家的什么不同的看法，而是另一种荒谬绝伦的、可怕的实际态度，难道不是这样的吗？我难道不是上了他们的圈套了吗？说实在的，每天的生活，使我开始忘却了广岛遭原子弹轰炸的事。最容易忘却“人们铭记在心”的东西，这就是日常性生活。然而，我的英语能不能把这层意思传达出来，还是个疑问。“忘却”这个词儿所具有奇妙的、阴暗的分量，能不能传达给对方呢？这是个疑问……我的心情变得越发沉重了。

快活的司机一个劲地赞扬他的主人——那个英国贵族。说他是个好主人，很幽默，说他去银座，也到卡巴莱〔卡巴莱，设有舞台、舞厅的酒馆〕M 那种地方玩。

“哦？他也去卡巴莱 M 那种地方玩吗？”

“是的，他喜欢那种喧闹的地方……而且……”

快活的司机没有意识到他的话儿让我感到不快，还接着回答：

“……而且，他就在那种地方来观察日本人的作乐方法。”

1960 年 1 月

日本文坛现状与西方文学的关系——在密歇根大学的讲演

今天，我准备在这里谈两个问题。一个是日本文坛现状，另一个是日本现在最受欢迎的、接受西方文学影响的书，与日本文学的关系。关于后一个问题，我曾作过种种思考。但很遗憾，我对前一个问题基本上不感兴趣。为什么呢？因为这就像国际象棋选手被问到日本的国际象棋界的现状如何、或柔道选手被问到现在日本的柔道界的内情如何一样。日本文坛也与各式各样的日本社会一样，但文坛不像近代式的社会，也不像值得一提的封建式师徒制度的世界。小说家给身边弟子的文章画上一道道线或修改这种工匠式师徒关系早在 19 世纪末就已宣告结束。

现在日本文坛也是独立人聚集的场所，即使有所谓师徒关系，也完全是精神上的师徒关系，或者是属于经济上的关照，二者必居其一。

虽说文坛是独立人的聚集之地，但文坛也像日本所有公司一样，无例外地喜欢过节的热闹，一年总有那么一次举行定期例会的活动。比如由某家出版社主办，把一流的剧场包租下来，由文人墨客亲自出马表演歌舞伎，凭他们的拙劣演技，也会博得观众们的莫大欢心。

像外国的文坛一样，日本文坛有新人，也有老人，吸纳着各种人物，十分复杂。既有奇特的人，也有令人讨厌的庸人。既有学者气质的小说家，也有终日离不开女人和酒的小说家。但是，从整体上说，战后文人的经济地位大大提高了。过去贫困就出售东西，贫穷成为小说的惟一主题这种情况也渐渐改变了。

其中一位名叫川崎长太郎的人，家住临时搭的小屋里，是一位独身的中年作家，他撰写自己的贫穷生活以及同女人的交往情况，如今绝不能说他贫穷了，那种贫穷只是某个时期的一种特征。

据说，在日本私人轿车的普及率，大致是每 650 人（？）中就有一辆。小说家拥有私人轿车的，大概还不到三分之一吧。当然拥有采购私人轿车财力的人会更多。不过，从日本的社会生活来说，拥有私人轿车的必要性不是那么大，例如采购蔬菜或买鲜肉，推销员会上门服务。需要日常生活用品、食品等，人家也会送货上门，足不出户就可以拿到手。由于这个缘故，我也没有购置私人轿车。

我说过，战前和战后，日本文人的经济地位发生了很大的变化。战前，小说单行本销售 1 万册就不得了，最近可以卖上 10 万、20 万册的也不在少数。出道的业余新作家的作品一下子就能售出 10 万、20 万册，这是最近的倾向。固然，在战前，像火野苇平描写军队生活的小说《麦子与士兵》、林芙美子描写自己的流浪生活的小说《流浪记》等，显示出非常畅销的势头，那是个例外的存在。

然而，并不是所有日本小说家的单行本的卖点都那么好。有的作家的单行本即使卖不动，他也有别的途径获得大量的收入。一是写新闻小说，一是他的小说改编成电影，都获得了好收入。这是基于战后文学情况的变化。在战前，纯文学和大众文学全然属于不同的类型。纯文学是指刊登在特定的杂志上，也就是综合性杂志和文艺杂志上的短篇小说和少数的长篇小说，主要是以描写身边杂记的私小说为中心，还包括不断进行各式各样新的艺术实践的小说，或者主张艺术至上主义的作家的小说，这些都是纯文学。大众文学则是刊载在专门的大众文学杂志上的，其中有描写日本的武士的即所谓类似美国西部剧那样的武士道的小说、描写现代摩登的尖端恋爱小说、描写公司职员哀愁的小说等，这些大众小说发行量很大。在战前，纯文学作家肯定是很贫穷的，大众文学作家则肯定是很富有的。因此，作家就要作出选择，是要金钱还是要名誉。

可是，战后的形势已把这两者之间的围墙拆除，产生了一种叫做中间小说的新体裁。这就是说，相当一部分纯文学的作家也逐渐写起风俗性题材的小说来。不过，在写作技巧方面，由于有长年累月的修养，他们比起迄今大众作家那种牵强的工作来，下了更大功夫，大大地开阔了工作视野。日本的所谓规模宏大的社会小说形式，反而是从中间小说中产生出来。于是中间小说的专门杂志大量地扩大了销售范围，而纯文学杂志等的发行部数则逐渐滑落。这种中间小说也包括新闻小说的领域，中间小说的作家就是以发行量大的杂志和新闻——这种新闻发行量最大的日发行达 500 万份，拥有这样广大的读者为对象来从事工作。这种现象反映出迄今的战前纯文学的理念未免太狭窄了。缘此出现一种对它的反拨现象，甚至反拨过度，过于专断，以致出现丧失文学质量和品质的批评基准的倾向。

不过，至今也还有少数作家不走中间小说的道路，完全勤奋地从事这项艺术性的工作。不走中间小说道路的作家，大致上可分为：非常艺术至上主义的作家，以及另一种倾向于社会主义的作家。

最近人们大肆议论文坛崩溃的事，出现了这样的批评家，他们批评说，像过去那样在狭小的范围内进行艺术修炼——拼命地修炼下去，虽然范围小但却能朝向完成的目标这种做法，已经落后于时代。新人作家，即几个月前谁都不知道的无名作家，他的一部小说一旦销售达 10 万、20 万甚至 30 万册，他在畅销这点上就远胜于文坛上的已成名的作家。

这种现象主要从去年开始。去年夏天，石原慎太郎的小说《太阳的季节》开始发行，立即售出 25 万册，而他还是个 24 岁的青年，从这个角度看，恰似美国的普雷斯利〔普雷斯利（1935—1977），美国摇滚乐歌唱家，他的成就改变了美国人民大众的文化面貌〕那样，创造了爆炸性的人缘。接着去年年底，新人深泽七郎写了《楢山节考》，这部小说与《太阳的季节》截然不同，它是日本风土民俗性的虚构故事，但是通过故事中非常凄惨的情节而获得很好的效果，立即成为最畅销书。到了今年，一个名叫原由康子的新人，她写了《挽歌》这部小说，丰富地表现了北海道的地方特色，作品中设定了法国式的三角关系，可以说博得了恰似日本的弗朗索瓦·萨冈的人缘，售书不久突破 45 万册。从这种现象看来，对战前有一定框框、一定标准的小说技巧的评价比较暧昧，因而对符合规格的正品的评价也发生了摇摆。在这个意义上说，审查机关——文坛的权威逐渐失去其权威性。

大体上说，日本文坛人员的构成状况如下，首先现在还活着的所谓大家有：永井荷风、谷崎润一郎、志贺直哉、正宗白鸟、佐藤春夫等，不过室生犀星最近东山再起，还有川端康成也加入了大家的行列。被称为所谓大家的，就是艺术院会员。

其次，40—50 岁的中坚作家有：舟桥圣一、丹羽文雄、石川达三、井上靖等。如上所述，这些作家大部分都是中间小说作家，拥有众多的读者。这些中间作家少数例外，他们大多数人的小说单行本的发行量没有呈现出惊人的销售势头。反过来说，过多地为报纸和中间小说杂志写作品，由于它们的发行量大，出单行本时就引不起读者再购买的兴趣了。

第三，战后出现的作家有：大冈升平、武田泰淳、椎名麟三、野间宏、梅崎春生、堀田善卫等。从广义上说，他们被称为战后派，是在战后一段时期内进出文坛，他们的新小说的理念具有一种革命的意义。但是，后来一个个地逐渐个性化，独立了出来，再不成为一个集团，各自作为单个的小说家推进自己的工作。于是，他们都干出了一番大事业。可以说，站在文坛第一线的，就是这些人。他们过分把广泛的社会的视野作为目标，企图引进西欧超长篇小说的组织结构，于是作为一种反动，接着出现了被称为第三批的新人，出现了几个个子矮小却很幽默的小市民式的作家。这就是安冈章太郎、吉行淳之介，他们的工作，主要是写短篇小说。

第四，随后是刚才所说的石原慎太郎、深泽七郎、原田康子等，这些新人没有经过所谓正规的文学修业，是突发式地出现的。

固然，在日本出现这种主要以短篇小说形成的文坛主流的现象，有其各种原因，其一战前的小说是法国的自然主义小说，与日本中世隐者的随感文学奇妙地相结合而产生的身边杂记式的私小说占据了主流，其二是日本出版的发达，以新闻杂志为本位，报刊上同时登载几篇小说，必须是短篇小说。从这个意义上说，很多人写短篇小说。于是，自然也出现像芥川龙之介这样的作家，写出欧洲式结构非常严谨的短篇小说。不过，多数作家还是重视不太概念式的短篇小说形式。到了战后，战后派的作家们同时都致力于写西欧式长篇小说，中间小说的作家们也在不断地写出新闻小说，以及其他超长篇小说，还有最近从业余爱好者中出现的新人作家，采取了出售一气呵成长篇小说的形式。可以说，出现了向撰写长篇小说的时代发展的倾向。但是，文坛的登龙门，也就是说要拿到进入文坛的通行证——新人奖，即芥川奖，依然是以短篇小说为对象。石原慎太郎最初撰写的《太阳的季节》就是获芥川奖而成名的。深泽七郎的《楢山节考》也是获作为短篇小说奖的中央公论新人奖而成名的。因为授奖的杂志社为了杂志的出版，依然要求作家写短篇小说。可以认为，日本要像西方那样完全以长篇小说成为主流的时代，目前不会到来。

那么，现在让我从刚才叙述的作家中，就有关川端康成、大冈升平、武田泰淳和石原慎太郎 4 位简单地作些解说。这 4 位是我喜欢的作家，从某种意义上说，他们代表现代日本文坛的四个方面的作家。

川端康成是最忠实于日本古典文学的传统作家。他不是撰写私小说的作家，青年时代，他曾同现代主义者一起组织新感觉派，当时正好是接受法国莫朗的强烈影响的时代，他撰写了感觉性非常光辉灿烂的小说。但随着年龄的增长，他步入了日本的中世文学《新古今和歌集》《方丈记》、谣曲的世界，并成功地使这种中世文学那隐遁的、同时又是唯美的世界，与他那尖锐的现代感觉相结合。他的一个最显著的成功就是《雪国》，《雪国》已经译成英文，想必大家都已读过。这部小说的确是日本传统式的小说，不过，还不能忽视作者一直接受的西欧的影响。他于战后撰写了长篇小说《千只鹤》和《山音》等越来越成功地将日本中世文学那种冷艳的美，在现代中活灵活现地表现了出来。

其次，大冈升平在日本小说家中是最能创造出欧洲式的明晰的文体的作家。他最初是从斯丹达尔研究家起步的，不喜欢日本语的暧昧性格，非常倾倒于斯丹达尔的简洁而明晰的文体。这时，他进入军队，在菲律宾当了俘虏，战后回到日本，他连续发表了当俘虏时期的实录小说，那就是后来汇集成书的《俘虏记》。《俘虏记》采用第一人称的形式写就，乍看像私小说式的作品，其实不然，这是一部具有斯丹达尔式的分析和非常理智，还多少带点愤世嫉俗式的观察的自传体作品。他还撰写了以菲律宾为题材的《野火》，在这部杰作里，他过滤了斯丹达尔的影响，把日本人观察自然的象征性和透视法融化成自己的东西，成功地将这种象征性的自然描写，同斯丹达尔式的分析综合了起来。诸位阅读的《野火》英译本，就是一部卓越的杰作。

接着谈谈武田泰淳，他也是一位40多岁的作家，僧侣家庭出身，曾学习中国文学，战争期间到过中国，同中国人有交往，战后回到日本，作为小说家成了大业。武田的作品以短篇小说居多，他的作品还没有被介绍到美国来。目前他正在撰写第一部超长的长篇小说，取材于北海道的爱伊努族，小说题名为《森林与湖泊的节日》。他的杰作是《异形者》《在流放岛上》。《异形者》描写作者所属的佛教某一派的修业道场上的青年们，把自己设定为一个对现实社会的变形怪诞者，从这样的社会里异化出来。作者以强烈的感觉性描写了这种意识。他的文体，接受了中国文学的影响，是活脱脱的大陆色彩、强烈的官能性和理智的分析，三者融合得天衣无缝，是一部具有特色的作品。

再就是，必须举出最年轻的作家石原慎太郎。石原现年 24 岁，去年撰写了《太阳的季节》，这是一部日本的跨了一代的小说，作者成为青年们崇拜的偶像。小说中有美国式的，诸如快艇、交际舞、拳击、散布许多掩饰青年人的倦怠的鸦片等，他在小说中所尝试的行动主义，还没有成熟定型，但正好近似法国蒙太朗〔蒙太朗（1896—1972），法国小说家，剧作家。出身于加泰隆的一个贵族天主教家庭。他为之献身的文学生涯充分显示出他以自我为中心的个性。他创造了一个宣扬男子刚毅勇烈品德的英雄世界。主要著作有:《奥林匹克运动会》等〕所意图的那样的东西。他作为日本的文人，也第一次致力于充当演员主演自己的电影，活跃在影坛和文坛上，是个奇特的人。

将这四个人概括来看，可以看到散布在各种日本文学中的许多要素的结合，如果用简单的数学式图表来说明的话，那么川端康成是将日本中世文学同欧洲第一次大战后的先锋派运动相结合，大冈升平是斯丹达尔与俘虏的体验相结合，武田泰淳是僧侣与中国文学相结合，石原慎太郎是电影与体育相结合。这样地将作家与无聊的要素相结合来加以理解，实在是肤浅的。不过，从现象上看，将日本社会各个时代的复杂现象综合在一个个性中，就创造出新的东西来。也许可以说，这是小说家的一种使命。

那么，我们来谈谈第二个问题——其实我很想谈第二个问题，可是时间越来越少了。关于第一个问题，我也不得不将有关文学批评和戏剧割爱了。不过，关于第二个问题，我主要还是想就小说来陈述。首先，诸位阅读日本文学时能够找到日本的东西吧。这是理所当然的，我们阅读美国文学时，马上会思考所谓美国的东西是什么。研究墨西哥文学时，马上就想寻找墨西哥的东西究竟是什么。也有的作家像西班牙的布拉斯科·伊巴内斯〔布拉斯科·伊巴内斯（1867—1928），西班牙作家、政治家，以描写第一次世界大战的小说获得世界声誉。他的最著名的《启示录四骑士》（1916）曾被改编为两部美国影片〕那样，按外国人的要求写出恰如其分的小说来的。特别是像布拉斯科·伊巴内斯的《血与沙》那样的小说，是最能让观光客获得满足的，在那里，有表现大家认为是西班牙的东西。所幸的是，在日本还没有出版为观光客而写作的，旨在让大家认为是日本的东西的小说。日本的小说家们还不至于熏染学坏到写面向观光客的小说，因为他们一心只顾自己的问题。

歌德曾说过："所谓憧憬东方，就是怎么样西欧式的事吧。"反过来，也可以这样说："所谓憧憬西欧，就是怎么样东方式的事吧。"我想诸位一定会对日本现代文学的某些作品太过分地模仿欧洲的小说，太追赶欧洲文学的新倾向而感到不满吧。然而，这正是日本的现象、东方的现象，也许这正是日本式的东西。

迄今，被介绍到美国的日本小说中，《野火》自不消说，《各有所好》《斜阳》等，在美国读者觉得是日本式的作品中，也隐掩着西欧的影子。

现代日本的生活是处在西欧与亚洲的完全不可收拾的混乱状态，一方面在铺席上使用筷子吃饭，一方面则慌里慌张地系领带、穿西服、乘地铁、到现代化的例如科比西埃〔科比西埃（1887—1965），出生于瑞士，自学成才。是国际式建筑学派的第一代建筑师、城市规划师、画家，著作甚丰，为该学派的最积极的鼓吹者〕式的高楼大厦内的办公室上班。如果说现代的日本人必须忍受这种混乱，或者对这种混乱持满不在乎的态度的话，那么小说如实地表现了这种现象，就没有什么不可思议的了。

同时，日本又是一个比亚洲其他国家更能出色地保存古老文化的国家，也许这是岛国的特性吧，包括京都有名的古美术和古寺院的遗迹——即使不是遗迹也罢，诸如歌舞伎、能乐、近世和中世的技艺，的确是以原封不动的形式保存下来并传承下去。因此，日本的剧场是这样的一种状态：以七个剧场来算，一个是原封不动地上演 15 世纪的能乐，一个是原封不动地上演 18 世纪的歌舞伎，一个是上演 19 世纪末以来的半古典式的戏剧，一个是上演欧洲或美国新颖的翻译剧，一个是上演脱衣舞，它的旁边的一个是上演轻松的歌舞剧，再旁边的则是上演以武士道的武打为主的武打动作剧。

当然，日本人在自己的血液里，或者在自己幼年时代所培养出来的生活感情中，具有热爱古老东西的因素。歌舞伎之所以能继续存在，当然是由于许多日本人热爱歌舞伎的缘故，特别是年轻时深受西欧影响的人，一过了中年，又想重新回到歌舞伎的纯日本式的人情世界中来。

但是，直至战前，日本的知识分子对日本式的东西几乎是采取蔑视乃至不关心的态度。知识分子几乎读不懂日本的古典，总是把追赶西欧的新思想作为己任。这是 19 世纪后半叶明治维新开始之时日本的知识分子正像现在亚洲后进诸国的知识分子所担负的这种使命那样，也可能是肩负着这样的使命：必须引进西欧的新思想、新技术，通过这些举措设法改变国家的落后面貌吧。总之，对于明治时代的知识分子来说，把最新的思想和技术引进日本，是为了使日本进步。因此，知识分子没有闲工夫去关注那些残存在日本的古老的东西，好不容易才得以维持下来的古老的日本美。毋宁说，他们还憎恨这种东西，努力于吸收欧洲的思想、技术和生活感情。这就是直至这回第二次世界大战之前所形成的、在日本知识分子中占支配地位的倾向。反过来说，日本的知识分子只顾把目光投向西欧这种现象，也证明了日本知识分子把自己的实用性任务，也就是说把促使日本进步这种实用性任务，当作是自己体内梦寐以求的理想。

然而，日本战败的同时，不，毋宁说从第二次大战前的法西斯化时代起，知识分子就抱有一种深刻的幻灭感，迄今，知识分子掌握着领导权，指导日本民众，努力将西欧文明移植到日本来，现在他们产生一种反省：难道他们的这番努力是徒劳的，没有什么实际意义吗？

还可以从另一角度来思考，那就是日本不像东南亚各国那样，它最近的历史上没有沦为外国殖民地的经验。因此，在日本，没有像在东南亚各国那样的一种状态：亚洲的东西、民族性的东西一切都是正确的，西欧的东西一切都是殖民地的残渣，例如城市里的高楼大厦，一切都是殖民地时代的市政厅，殖民地时代的统治者的建筑物，城市的道路，一切都是殖民地的残余，等等。因此，在日本没有这样的一种情况：像现在东南亚各国所掀起的民族主义情绪。也就是说，西欧的东西首先唤起了人们对殖民地所有恶劣的令人讨厌的回忆。

明治时代，日本的西欧化原封不动地成为日本国力的伸展，确实有令人感到愉快的形象。日本古老的木造建筑被推倒，后来接连不断地盖起样式笨拙的高楼大厦，日本人不爱惜古老的东西，并把它看成简直是日本国力的发展。为什么呢？因为它再怎么怪诞，也是日本人自己建造起来的建筑物。而且认为通过这样的一些东西，日本越接近西欧就说明日本越进步。在知识分子中，这种意识也是非常根深蒂固的。因为他们毕竟没有心情，也没有必要有这样一种心情，把发现日本式的东西当作反殖民地的东西。

明治以前的日本知识分子，一方面追赶西欧思想，另一方面又拥有深厚的汉文学素养。这点，在日本小说家中，到永井荷风就根绝了。从幼年时代起，他们就读孔子的《论语》，或亲近各种中国古典，甚至在自己的文体里也深深地潜藏着汉文学文体的影响。缘此，至明治末年，日本作家的文体里，一方面是非常西欧式的，另一方面也洋溢着中国古典那简素、简洁、强有力的格调。中学时代我也学习过汉文，不过没有受到太大的影响，至少可以说进入昭和年代之后，日本知识分子的教养里，汉文学已经几乎销声匿迹了。

但是，在第二次世界大战期间，这种状况逐渐发生了变化。这恰似美国人对日本文学打开眼界，是得益于战争期间美国施行日本语教育的恩惠一样，战争打开了美国人对日本古典美的视野，也打开了日本人自己的眼界。而且，战争期间，日本浪漫派与右翼的国粹主义思想相结合，企图从日本古典中摸索出新的东西，产生了一个相当强有力的运动。

我在那个时代里度过了少年时代，我比前一个时代的人有更多的机会去亲近日本的古典。另外，我从幼年时代起就观看了许多歌舞伎剧目，对这种古老的日本的艺能非常关心。这不仅是我个人，而且是我这一代人，都企图重新发现并使这种日本式的东西复活起来。这种意图日渐加强，使得明治维新断绝了的日本传统，欧洲的东西同古老的日本的东西分割开来，引进的欧洲的东西被拉开了很大的距离，今后将会逐渐地被修正过来。我想，人们将试图寻求让现代文学与传统相结合。

最后，谈谈现在日本深受欢迎的作品，以及依然受到欢迎和崇拜的现代外国作家萨特及其作品，还有欧洲的现代作家及作品。从整体上说，法国文学对日本的小说的影响相当大，为什么会形成这种情况呢？我想概括地谈谈这个问题。

明治维新当初，首先引进的欧洲的政治思想，就是法国的启蒙思想。但是，除了法国的启蒙思想之外，也逐渐地引进了英国实用性的政治思想。后来，又进一步向德国的法律和哲学的方向倾斜。日本政府采取的方针也是这样，日本的宪法、民法以及其他法律一切都是以德国的法律为蓝本来制定的，政治、经济、医学、哲学等一切的一切，都是向德国一边倒，日本明治的政治体制是通过引进德国的政治体制才完成的。因而可以说，现代日本语中的抽象名词，几乎都是德国观念论哲学的术语的汉语译，这样说大概不会错吧。这就是把德国观念论哲学的术语，逐个地用新造的汉语翻译出来，使得这种哲学用语相当俗化，而且占了日本的知性的用语的大半。

与此相反，在日本，英语主要是作为实用语来普及。当然在日本最普及的外国语就是英语，初中必修的外国语就是英语，进入高中才能学习法语和德语。正因为这样，日本的英语教师，大多是语言学的教师，而不是文学的教师。当然也有像坪内逍遥那样从明治到大正一直从事翻译《莎士比亚全集》的英国文学学者。不过，也存在这种不可思议的倾向，那就是英国文学专业主要是以语言学为中心，而爱好文学者则主要集中在法国文学上。

因此在日本，英国文学影响最大的作品的翻译事业不是十分兴隆，还停留在文人直接阅读原版书的时代。夏目漱石等人受梅瑞狄斯〔梅瑞狄斯（1828—1909），英国小说家、诗人。主要著作有:《山谷中的爱》《利己主义者》等〕的影响是很明显的。不久，相当多的法国的自然主义小说通过英译引进日本。从此，法国自然主义在日本文坛上风靡一时，左拉和莫泊桑被景仰为小说的先生，开始了向法国一边倒的时代。于是，许多人才得以通过译本自由地阅读外国文学。但作为现状来说，从译文质量上看，翻译法国文学是最优秀的，其次是俄罗斯文学，再其次是德国文学，英美文学除了少数译文质量优秀的之外，大多数译文质量较差，这是很遗憾的。

当然，这种评价只限于对翻译成日本语的译本来说的。

俄罗斯文学的影响也不容忽视，托尔斯泰的人道主义的影响是相当大的。时至今天，陀思妥耶夫斯基依然是日本人最尊敬的作家之一。与此相反，现代美国文学的优秀翻译作品，除了福田恒存的名译海明威的《老人与海》之外，不能说已经引进了翻译文学性强的好译本。

就陀思妥耶夫斯基来说，战后也有像椎名麟三那样的小说家，通过陀思妥耶夫斯基打开了文学的视野，因为作家那种斯拉夫式的神秘的力量和小说方面的哲学性思考，有着一种强烈地震撼着日本人心灵的东西。当然，萨特获得日本人接受的，与其说是作为小说家，不如说是作为半个思想家更具魅力。我则倾倒于托马斯·曼，不过，我还是把托马斯·曼一半作为艺术家，一半作为思想家来接受的。现在，我们要把左拉和莫泊桑当作思想家来思考虽然很难，但是引进左拉和莫泊桑的当时，毫无疑问是把他们一半当作小说家，另一半当作新思想的导入者来阅读他们的作品的。

在美国现代文学方面，据说福克纳曾一度影响了丹羽文雄等人。但是，福克纳的作品很难翻译，在日本也没有好的日文译本，因此，丹羽文雄究竟接受了多少本质性的影响还是个疑问。然而，在美国的古典中，坡、惠特曼和梅尔维尔〔梅尔维尔（1819—1893），美国后期浪漫主义小说家。主要著作有：《泰皮》《白鲸》等〕，以上乘的译本被介绍了过来。虽然读者并不是太多，但是，至今还不断地出现对坡的小说等的热心爱好者。至于惠特曼，他曾经给大正时代的日本人道主义作家以强烈的影响。

现代文学，尤其是现代美国文学，无论是福克纳、海明威、斯坦贝克〔斯坦贝克（1902—1968），美国小说家。著有：《愤怒的葡萄》《托蒂亚平地》等〕、多斯·帕索斯〔多斯·帕索斯（1896—1970），第一次世界大战后美国“迷惘的一代”的主要小说家之一。主要著作有：《三个士兵》《美国》《一个青年的经历》等〕，他们的作品很多都翻译介绍了。但是，坦率地说，还不能说他们已经给日本以本质性的影响。在更年轻的作家中，卡波特，通过河野一郎翻译介绍了他的《别的声音·别的房子》，是个很好的译本，这是很幸运的。梅勒的《裸者和死者》《鹿苑》都拥有众多读者。

但是，我认为美国文学和日本文学的交流是今后更久远的问题，为此，我期盼着今后更多地出现真正热爱美国文学的翻译家们，正像出现许多热爱日本文学的美国优秀的翻译家一样。毋宁说，在日本最受欢迎的美国作家，也许就是剧作家威廉斯。

我认为美国和日本最大的值得自豪的共同点，就在于朝气蓬勃、新鲜、无穷无尽的好奇心，包括对其他问题的关心，对其他文化、对其他艺术的关心，再没有比对他人的关心更能使人永久地朝气蓬勃的了。古老的衰颓了的文化，已经使自己获得了充分的满足，只顾将狗安置在身旁，沐浴着阳光，而对其他东西没有好奇心，也漠不关心。于是，通过继承希腊、罗马、欧洲整个文化，并消化它，经过一番综合，并且试图作为一种独创的东西让它复苏起来的美国，同通过继承印度、中国和整个亚洲文化，并消化它，经过一番综合，并且试图作为一种独创的东西让它复苏起来的日本，如果能够在太平洋上空架设起这两种文化的桥梁的话，那么世界文化的花环才可能把地球绕上一圈。感谢诸位。

1957 年 9 月

法律与文学

当法律系本科学生时，我特别感兴趣的是刑事诉讼法。当时团藤重光教授是个年轻而有威望的老师，讲课很有朝气，犹如一列“追求证据手续”的火车，稳重地勇往直前，奔向目的地。特别是他的彻底的逻辑推理使我着迷。我最讨厌的是，像行政法那样实用的、非逻辑性的学科。

可以引起我兴趣的，是与此完全相反的抽象的结构，即独立的、纯粹的、抽象的结构，只有通过内在的逻辑才能运动的抽象的结构。这一半是由于我的性格，一半是由于受到从战时到战后的逻辑成为无效的、一切逻辑都被推翻了似的时代的影响。对于当时的我来说，所谓刑事诉讼法就是这样的东西，而且它与民事诉讼法等不同，是一门与人性的“恶”直接联系的学问，这也是它的魅力之一吧。而且，那种恶绝没有以活生生的具体性展现在表面上，它必须通过一般化、抽象化的过程而呈现出来。不仅如此，因为刑事诉讼法是进一步追求的手续法，与现实的恶是双重隔绝的。但是，就像监狱的铁窗在我们的脑海里反而更生动地代表罪与罚的观念一样，这种枯燥无味的手续的运动，反而让人感到浮躁的词句背后发出了一股强烈的人性本源的“恶”味。这也是刑事诉讼法的魅力之一。“恶”那种肮脏的、原始的、不定型的、令人毛骨悚然的东西，与刑事诉讼法的井然的、冷酷的逻辑结构之间的突出的鲜明对照，极大地吸引了我。

另一方面，文学，尤其是我从事的小说和戏剧创作，在其技巧的侧面，可以说刑事诉讼法是个好的范例。极言之，如果把刑事诉讼法的“证据”换成小说或戏剧的“主题”的话，那么剩下的，在技巧上应该是完全一致的。

我的文学上的古典主义倾向，正是从这里产生的。我以为小说和戏剧以没有假借的逻辑的惟一招数来追求不可见的主题，最后就应该在把握了主题的地方终结。在写作之前，作家并不是明确地知道主题的。如果问作家“你下一部作品的主题是什么？”就等于问检察官“你下一个罪犯的犯罪证据是什么？”因为作品中的人物还停留在嫌疑犯的阶段上。当然，我并不是指故事和情节的结构来说的。作家从一开始就知道主题的，是推理小说，我之所以对推理小说毫无兴趣的原因也在这里。同其外表相反，推理小说这种题材的小说距刑事诉讼法的方法论最远，总之，是杜撰的东西。

由于这个缘故，我对刑事诉讼法格外感兴趣，不过我没有进一步作任何更专门的学习。这也是当然的事。对我来说，法律学有朝一日会完全变形为文学，因为我对法律学本身的学问性并不感兴趣。这样，我是一个没有朝气的学生，就是现在回想起当年的学生生活有什么特别愉快的事，我的脑海里怎么也浮现不出来。我对母校之所以没能怀有多情善感的情爱，另一个原因大概是那个时代即使返校，连一杯咖啡也是喝不上的年代，而我又是这个时代的学生的缘故吧。

1961 年 12 月

弗洛伊德的《艺术论》

19 世纪科学的实证主义临终，在欧洲理性万能的时代过去了。1900 年风靡欧洲的，是反动地产生的反知性主义、反合理主义的潮流。尼采的时代、叔本华的时代、陀思妥耶夫斯基的时代就这样开始了，那长长的尾巴一直拖到这次大战后的存在主义。

弗洛伊德让他的精神分析学在这样的时代里流行起来，在科学的名义下，迎合了反合理主义风潮的时尚。弗洛伊德从一开始就是一个讽刺性的存在。非合理的世界的合理性解说，是他惟一的武器，而且他的体系是站在强制性的假说之上的这种合理主义的假装，满足了当时反知性的知识阶层的嗜好，同时也让他们感到内疚似的加以辩明。从科学的视点来看，对于外行人的我们来说，埃利斯〔埃利斯（1859—1939），英国随笔作家、编辑、医师。研究过人类的性行为。主要著作有:《男人与女人》《性心理研究》等〕的梦研究，似乎比弗洛伊德的犹太的梦判断更妥当些。但是，弗洛伊德的魅力自不消说，不是在于他的妥当性上。弗洛伊德的强制性的假说，已经渗入今天我们的社会生活的常识里，风靡了美利坚合众国，连太太阶层也热衷于分析。在古典的合理主义支配着的美国，性欲及其他非合理的世界，总是成为恐怖的对象，因此弗洛伊德专门从其合理的侧面，像 DDT 那样地爱用它。其结果，美国的民众变得越来越勇敢了。

我上初中时，身边总带着弗洛伊德的书。现在，我重读他的《艺术论》，觉得弗洛伊德宛如康德遇上艺术就运用“判断力批判”，结果遭到失败一样，他也因艺术而受挫。他们的弱点在艺术领域里的许多地方可能最容易暴露出来。表面上看似乎是极度反美学的考察，实际上弗洛伊德深陷进去的是一种圈套，如同美学深陷进去一样。它从头到尾只停留在脱离把握艺术体验的分析的图式主义上，它同停留在形成艺术的知性要素与官能性要素相关的关系解明上，这就是一种“是先有鸡还是先有蛋”的循环论法。

但是，相当多的反复，令人感到厌倦。不过，在达·芬奇的绘画解说中，《列奥纳多·达·芬奇幼年期的一记忆》的类推他幼时同性性欲的奇特的论点，是值得一读的吧。作为我来说，毋宁说我对《令人毛骨悚然的东西》和《幽默》等散文颇感兴趣，可以从中发现弗洛伊德那种坚韧的犹太人的气质和一个随笔作家的才能。

高桥义孝的译文，具有极其明确的德国式的准确性。

1953 年 10 月 19 日

电影的肉体论——其部分及整体

一

《电影艺术》杂志是一本挺有意思的杂志，它以电影为诱饵，每期都刊登竹林七贤远离尘世的高深议论。所谓尘世就是低俗的大众，他们把这种低俗的大众的无意识部分，有时作知性，有时作社会科学式的分析，从而导出出人意料的结论来。这种结论出奇地有趣。在这里，社会上声名狼藉的电影有时甚至贴上了杰作的定评标签。在这里看不见那种不痛不痒的良心派的电影批评，或那种表面上看似和平主义，实际上则是为政府的文化政策摇旗呐喊的影评。一切都显得偏激、无政府状态，但在那里，也不无类似玩具店的氛围和糖果店、小巷出售手枪模型小店的氛围，不过，店铺表面上当然不会摆出这种危险的实物。整面墙上布满了仿佛用火药球乱写一气的东西。因此我也放心地加入这个乱写的行列。

看来再没有比电影更合适于充当诱饵的东西了。乍看电影是显得愚蠢的大众娱乐的（随便的）代表，不过，在电影里似乎有蒙蔽资本家、大众以及官府眼睛的暗喻。小说的读者是难以取悦的，只要他们察觉到暗喻，就会觉得自己仿佛受骗了似的，从而井上靖的小说《成吉思汗》始终就是成吉思汗的小说，而不是暗喻日本现代的政治。安部公房的《砂女》写的就是砂，就是女人，而不是别的什么。但是，在电影里，它仿佛意味着什么。低俗的大众对性爱场面很兴奋，对武打场面很激动，看过电影感到满足而踏上回家的路，他们绝对没有看穿X隐藏在电影里，而《电影艺术》的执笔者和读者却似乎明白这点。

在电影里，艺术上的双重战略与政治主义特别显著，这就需要以领会问题的能力差、心情浮躁的、低级的观众作为对象，艺术性地解决他们不满的欲望。电影的暗喻，可能是某种痛快的事吧。

但是，从多少了解一点实际的角度来看，在制作电影时，必须承认感觉性的抵抗要比知性的战略更有分量。试举市川昆导演的《雪之丞变化》来说吧，这部绚烂的颓废派艺术的精华，究竟要蒙骗谁而制作出来的呢，这不禁使我哑然。市川的感觉性抵抗之猛烈，以他的长篇纪录影片《东京奥林匹克》而闻名遐迩，但他绝不运用什么战略，结果获得了胜利。所谓电影的暗喻，简直是很麻烦的事。荒唐的电影，就需要荒唐的暗喻，为了对抗一般大众的过度“肤浅领会”，似乎就需要过度的“深刻领会”。我把《雪之丞变化》称为颓废派艺术，并恭贺它，也许这是感染了《电影艺术》的毒素的征兆吧。

影像这种东西，无论导演多么运用知性的制约能力，计算外的猛烈攻击也会突然显露出来。因此，显露出来的东西可能会遭到各种议论，导演也就会因此而越发郑重其事地发挥自己的意识性和知性的制约能力。于是 das Ding an sich（康德语：物自体——译者注）= 暗喻这种奇妙的数式就成立了。

二

从我的情况来说，这种物自体＝暗喻就是人的肠子。

突然说出肠子这种事，可能别人听了也不明白吧。我自己制作的电影《忧国》过于忠实原作，让剖腹自戕的青年军官露出了内脏。但是，在日本公开上映时，根据电影伦理规定管理委员会的健全的判断力，这种物自体是不让公众的眼睛触及的。在原版影片里，这种令人毛骨悚然的场面是压倒性的，这里充满了惊人的感觉性的说服力，即下体裸露癖患者的惊人的感觉性说服力，肠子象征着人的诚实，这是日本人的传统式的思考。我确信，如果不让人们看到这个场面，就绝对不会懂得剖腹这种行为的真正的日本文化史的价值，因此我才让观众看到“我的诚实”。

尽管如此，肠子只不过是人类肉体的一部分而已，它同生殖器一样，没有什么像样的个性，为什么无个性的东西竟能使人震惊，或者使人猥亵呢？在这里，在与电影的特写技巧有关联方面，我发现了各式各样有趣的问题。

电影的特写镜头，本来是为了把美丽演员的脸作为巨大的观念性的性的对象来加以使用的。超越一定的自然尺度时，最逼真的描写就如实地转化成一种观念……在这里就有特写镜头的古典式效用。在技巧上，为一千名观众而被扩大了的美丽的脸，这不仅是停留在让一千人一无遗漏地清楚地看到那张脸，而且是为了要成为一千人中的每一个人的个别幻想、个别观念所必要的。戏剧演员的脸，只是由众多的观众来“分享”，可是电影演员的脸，为每一个观众所“全面拥有”。这就是所谓明星的根本理念。

能不能把镜头更扩大些呢？让眼睛和鼻子溢出画面，只留下好几米长的大嘴唇。这张嘴唇几乎接近个性与普遍性的观念的境界。这张嘴唇在行将接近 × 山 × 子小姐的嘴唇时，又渐渐地远离了它，通过 × 山 × 子小姐这个残像，在完全无个性的普遍性的观念里，留下了精神性的“爱”的志向性的余白。

所谓明星，是通过留下这种接近边缘的“爱”的志向性的余白，勉强地避开了成为平等的性爱的女职员。但是，电影的感觉性暴力，实际上就是无限地把人们推向抛弃这些个性的方向，这也是事实。最后，无个性的生殖器的特写镜头，就作为崇拜生殖器的对象表现了出来。

至此，概括来说吧。

特写镜头的本来目的，是扩大演员那张美丽的脸，在这里包含着相反的机能，内里有不断地向无个性的普遍性观念推进的倾向。

且说，在肉体的各个部分里虽然没有比脸更具个性的部分，但是脸以外的无个性的各个部分，诸如“× 山 × 子的脚”“× 山 × 子的胸脯”的这种状态，作为“被指名的无个性”，名与物彼此都逆反地得到加强。可以说，这是一般的性爱的逆反式结构。也可以说，任何媒体都比不上电影，可以十二分地利用它。

那么，肠子又怎么样呢？

如果这个场面露出的是真的肠子，那演员就无法活了。既然电影不是写实的，它就不可能是“× 川 × 男的肠子”。在电影里看惯了死亡的人，对这样的特技会受到强烈的冲击，不过已经从这种冲击闯了过来，诸如“× 山 × 子的脚”也就成为“被无个性的爱所侵蚀的个性”那种危险的性爱。这才是真正的冲击，对于肉体，我们模糊地觉得这是安全感的颠覆，是能够看到肉体内里的恐怖。它会诱发人们恶心。这时，人们毫无疑问是完全面对这样的实相，即特写镜头的终极目标、与无个性的普遍性观念几乎是同质同类的、人的无个性的普遍性的肉体存在的实相。这才是我所称的“诚实”。

三

看了藏原惟缮导演的《爱的饥渴》的电影的试映，我觉得这是一部优秀的电影作品，作为根据我的原作改编的电影，继《炎上》之后，市川昆氏的这部电影，可以说是做得很出色的。最困难的悲惨结局的杀害场面，组织得形成必然的具有论理性的说服力，这种情节的展开，实在令人佩服。在绝不相般配的恋爱故事里，末尾的温室场面，悦子追问三郎：你怎么知道让女佣做人工流产手术是我干的勾当呢？三郎仿佛面对她那带着哀怨的神色反问她道：你怎么知道偷盗维纳斯像是我的作为呢？这一瞬间没有任何接吻，也没有拥抱，有的只是可怕的热度高涨的恋爱激情的迸发。我觉得安排设计到这个程度，实在是精彩至极。

却说，这是所谓的女性电影，浅丘琉璃子所扮演的悦子始终占据着电影的空间，我为她的令人瞠目的出色演技震惊不已。

最后，我再谈一段与演技和导演无关的事。

米洛的维纳斯展在上野美术馆展出时，观众排成蜿蜒的长蛇队列，都呆呆地张大嘴仰望着那尊发人深思的女人全身像。后边的人往前拥挤，前边的人就只好退场，在日常生活里，要站在那样的位置，悠闲地仰望这种风格的女人全身像，恐怕只有在脱衣舞的客席上才能做到吧。这尊雕像呈现的是非日常性的全身像，看起来普通的女人裸体不是这样的。但是，那尊像也是裸身像。因此，能聚集那么多人。如果米洛的维纳斯是穿着衣裳会不会掀起这种程度的人缘，是令人怀疑的。整个地、压倒式的、不容分说地花上一个半小时观看一个穿着衣裳的女人像，这肯定是相当令人厌烦的事。活像原本要买鱼块回来，却被人强令把整条鱼买回来那样，去看女性电影的男人，绝不应该像那些急匆匆要去买鱼块的人，他们是带有吝啬的根性的。

当然，这不是两个极端的大小的、两个极端的技巧的所有例子。但是，我认为电影和戏剧最明显的不同，在于是否能够将人的全身、整个肉体，只当作一个整体来加以运用。在电影方面，行动上当然可以运用全身，可是心理上就完全不需要运用全身。这时候，除了表现出一定的心理所需要的一部分肉体以外，剩下的另一部分肉体都是多余的，并堕落成装饰性的东西。而且，物自体——电影艺术的魔——是不断地在这里出没，例如，述说一个女人的悲剧性的心理过程时，我们无论如何也会看到在她的腿上、她的肩膀上，在所有对抗心理上、女人生理性的存在形式上，都弥漫着朦胧的雾。这部分就是与妊娠、育儿等有关的女性的部分，男性基本上只能袖手旁观，别无他途的部分。因为这部分经常违背伦理，所以我们仿佛将窒息于这种形象的非伦理性中，都又必须追逐戏剧性的伦理。这是相当苦闷的。男性观众之所以不想看女性电影，恐怕不只是由于对女人的衣裳和装饰品不关心的缘故吧。

“用全副身心去演戏吧！”

导演可能会把嘴靠近扩音器这样怒吼。但在方法论来说，电影从一开始就是一种通过部分的揭示来暗示整体的艺术，它同首先通过整体的呈示来不断活用部分的戏剧艺术是不同的。因此，导演这么一怒吼，演员似乎也可以这样反吼道：

“算了吧，我们又不是在演戏。”

1966 年 5 月

听小泽征尔的音乐会

最近，听外来演奏家的音乐已习以为常。但是，我未曾见过变得奢求的听众对这样的音乐会竟如此狂热、如此兴奋地掀起激情的风暴。这宛如东京人对弱者表示同情的那股情绪，成人节在日比谷公会堂集结的感觉一样。为了买到一张自由席的入场券，人们提前两三小时在这寒冷的天空下排长队，临近开幕时场内的空气很紧张，仿佛只等待点火之势。开幕时，小泽氏的介绍人井上靖氏代表发起人致辞，话里充满了无微不至的关怀和温馨。乐团团员们就座后，小泽氏登上指挥台，这时欢迎他们的掌声犹如一个巨大的心脏在搏动。小泽氏的眼眶里早已闪烁着泪光。

这样，如果乐曲很差也是毫无办法的事。不过，演奏的是德彪西的《牧神午后前奏曲》、舒伯特的《b 小调未完成交响曲》、柴可夫斯基的《第五交响曲》。当晚的演奏十分精彩，我从未听过如此新鲜、如此精心演奏的《b 小调未完成交响曲》，特别是柴可夫斯基的曲子压倒了一切。我深深地感受到了音乐抓住听众，带领着他们遨游乐境的情景。

谢幕的热烈场面，恐怕也将会永垂青史。对外国演奏家尽礼仪尽到什么程度，我不甚了解，不过，夸大地说，当夜的喝彩是国民性的喝彩。小泽氏在舞台内侧不知多少次用手绢揩拭着被汗水夹杂着泪水濡湿了的脸庞。他为了答谢场内的掌声，又走到舞台前面来。回应谢幕又演奏了德彪西的《月光》，进而演奏柏辽兹的《浮士德的沉沦》中的拉科齐进行曲。交响乐团两次谢幕都演奏曲子，这是罕见的。尽管如此，全场的掌声依然经久不息。场内的灯光渐渐昏暗下来，小泽氏折回舞台内侧，被摄影记者团团包围着。他轻轻地拍了拍怀抱花束的爱妻的脸颊，以示抚慰。试想这数月来小泽夫妻的心境，这诚然是一种自然的、优美的举止。

他今晚一定是处在幸福感的巅峰吧。数日后他将前往美国旅行演出，就可以抱着快活的心情离开羽田机场了。

我作为朋友，一边望着他沾满泪珠和汗水的脸，一边想道："喂，你瞧，小泽征尔也是日本人。"从而加强了信心。

去年在日本，有两个青年尝尽了日本的好处和坏处，领略了日本最深层的滋味。一个是快艇青年选手堀江，另一个就是小泽氏。

当晚的音乐会是朋友们抱着"让小泽音乐的真正支持者聚集一堂，鼓励他吧"的心情郑重地举办的，而并不是采取抗议NHK日本广播协会的形式。它既然获得了如此巨大的成功，也就再没有什么话可说的了。

日本有一种奇妙的坏习惯。蔑视青年就说什么"黄口孺子想干什么"，另一个说法则是："年轻是至高无上的价值。"这是多么鲜明的对照。我不属于这两种中的任何一种。小泽征尔不是因为年轻所以了不起，而是因为他是个出色的音乐家所以才伟大。当然，他也需要成熟。在这次事件中，他把理论当作武器进行了战斗。即使这自始至终都是正确的战斗也罢，日本的好坏都在于无理论的特征上。理论陷于孤独，这是日本人的命运。在这种孤独的深层，如果他能够自觉到日本人的本质的话，日本人大概绝不会把他推到亡命者似的“国际性艺术家”的寂寞的境地吧。通过今天晚上的喝彩，他理应深深地感受到这点。

只是，这是一种讽刺。也有可怕之处，那就是这个事件把他推向一种窘境。也许在眼睛看不见的地方，这种令人讨厌的日本的温情主义、共同体式的解决问题的基础，也同今晚那种美好的鼓掌喝彩所依赖的基础联系在一起了。作为艺术家应该铭记和警惕的正是这点。

我相信解雇他的 NHK 乐团的每一个团员的心中，也都盘踞着对纯粹音乐的梦和理想的。人们光靠固执和脾气是无法活下去的。在日本式的羁绊中，人们对西方音乐寄予梦想，挣扎着生存下去。这种梦想，就算多少有点错误也罢，小泽氏对他们的梦想还是持有雅量的。我衷心期盼着这一天的到来：他一面从事这种世界共同的音乐语言的工作，一面也能精通最难相通的人心，成为一个真正的高手。

1963 年 1 月 16 日

我心中的二十五年

现在一想到我心中的25年，就觉得它的空虚，不禁大吃一惊。不能说我大体上是“活着”。因为我是捏着鼻子走过来的。

25年前我憎恨的东西多少变了形，但至今依然顽固地继续活着。岂止继续活着，令人震惊的是，它以它的繁殖力渗透了整个日本。那就是战后民主主义和由此产生的伪善的可怕毒素。

我曾以为这种伪善和诈骗术将会同美国的占领一起结束，可是，我的这种想法未免太天真了。日本人自己竟主动地选择它作为自己的体质。政治、经济、社会，乃至文化都如此，实在令人震惊。

我觉得自己从1945年起至1957年是个规规矩矩的艺术至上主义者。我只是在冷笑。一些纤弱的青年只知道冷笑，以此作为一种抵抗的方法。不久，我逐渐悟到必须同自己的冷笑、自己的愤世嫉俗作斗争。

的确，我继续写起小说来了。写了很多页稿纸。但是，对作者来说，作品堆积得再多，如同堆积排泄物一样，其结果不能断定为明智。话虽如此，但是，再没有比美更糊涂的了。

这25年间，虽然多少也有点自负，觉得自己保持了思想的节操。但是，这没什么值得太骄傲的。我既没有因为保持思想的节操而被捕入狱，也没有因此而受重伤。从另一方面看，思想上没有变节，多少能证明自己的头脑感觉迟钝和固执，却不能证明自己具有敏锐的、柔软的感受性吧。说到底，是没有表现出更多的“男子气魄”来，虽然内心中也曾想过那就算了吧。

最令人放心不下的是，我究竟“践约”了吗？依据否定，依据批判，我理应会保证些什么事。我不是政治家，去“践约”又不能给点什么实际性的利益。所以，我还没有履行比政治家所能给予的更大、更重要的保证。这种思绪日夜都纠缠着我。如果为了履行这种保证，文学什么的管他的呢，这种想法偶尔也会掠过我的脑际。这可能也是“男人的气魄”吧。不过，一方面否定一向所否定的战后民主主义时代的 25 年，一方面又从中获得利益，逍遥自在地过日子，这种情况已成为我许久以来的心灵上的创伤。

回到个人的问题上，这 25 年，我的所作所为是相当奇特的。它基本上还没有得到充分的理解。本来就不是为了寻求理解才开始干的，所以也就无所谓了。不过，我一直在想，总要想方设法通过把我的肉体和精神作为等价的东西，通过它的实践，从根本上去破坏那种对文学的近代主义的迷信。

所谓肉体的无常与文学的强韧，还有文学的朦胧与肉体的刚毅、极度的反差与过分的强大相结合，是我很早以来梦寐以求的，这大概是任何欧洲作家过去都未曾有过的企图吧。如果它能够完全地功成名就的话，那么作者与被创作者的一致，用波德莱尔式的话来说，“死囚且是死刑执行人”就成为可能。在创作者与被创作者的乖离中，发现艺术家的孤独与倒错的矜持时，难道不就是开始近代了吗？我所指的这个“近代”的意思，即使就古代来说也是妥当的，以《万叶集》来说，是大伴家持；以希腊悲剧来说，是欧里庇得斯，他们早就代表着这种“近代”了。

我在这25年间赢得了许多朋友，也失去了许多朋友。一切原因都是由于我的任性。我缺乏宽厚的美德，最后可能会落得像上田秋成、平贺源内〔平贺源内（1727—1779），江户时代的戏剧文学家、本草学者。误杀人而死于狱中。著有《风流志道轩传》等〕那样的下场吧。

自己十分俗恶，而且冒险心过重，可为什么竟不习惯于“游戏习俗”这种境地呢，我怀疑自己和自己的心。我基本上不爱人生，总是以风车为对象进行战斗的人，究竟是不是热爱人生呢？

这25年间，一个个希望都丧失了，在活像已全然看见到达的目的地的今天，这诸多的希望，是多么空虚，多么俗恶，而且希望所需要的热能是多么庞大啊！对此我不禁哑然。如果绝望地使用这么多的热能，再努把力好歹总会成什么事的吧，不是吗？

我对今后的日本，不能寄予太大的希望。我有一种感觉，总觉得照这样发展下去，“日本”会不会整个完蛋了呢。日本没有了，取代它的是无机的、空洞的、中立的、中间色的、富裕的、没有作用的，某种经济大国残留在远东的一角上。我无意识地与认同这种状态的人对起话来了。

1969年7月7日

图书在版编目（CIP）数据

残酷之美：三岛由纪夫散文集 /（日）三岛由纪夫著；唐月梅译．
—北京：作家出版社，2021.1
（三岛由纪夫精品典藏集）
ISBN 978-7-5212-1306-5

Ⅰ.①残…　Ⅱ.①三…②唐…　Ⅲ.①散文集—日本—现代
Ⅳ.①I313.65

中国版本图书馆 CIP 数据核字（2020）第 268184 号

残酷之美

作　　者：[日] 三岛由纪夫
译　　者：唐月梅
责任编辑：田一秀　袁艺方　王　烨
装帧设计：潘振宇 774038217@qq.com
出版发行：作家出版社有限公司
社　　址：北京农展馆南里 10 号　　**邮　　编：**100125
电话传真：86-10-65067186（发行中心及邮购部）
86-10-65004079（总编室）
E-mail:zuojia @ zuojia.net.cn
http://www.zuojiachubanshe.com
印　　刷：三河市北燕印装有限公司
成品尺寸：142 × 210
字　　数：190 千
印　　张：8.875
版　　次：2021 年 3 月第 1 版
印　　次：2021 年 3 月第 1 次印刷
ISBN 978-7-5212-1306-5
定　　价：42.00 元

作家版图书，版权所有，侵权必究。
作家版图书，印装错误可随时退换。